마왕

10

요도 김남재 신무협 장편소설

ORIENTAL FANTASY STORY & ADVENTURE

dream books
드림북스

마왕 10

초판 1쇄 인쇄 2017년 4월 13일
초판 1쇄 발행 2017년 4월 24일

지은이 요도 김남재
발행인 오영배
기획 박성인
책임편집 이대용
표지·본문 디자인 권지연
일러스트 나래
제작 조하늬

펴낸 곳 (주)삼양출판사 · 드림북스
주소 서울시 강북구 도봉로 173
대표 전화 02-980-2112 **팩스** 02-983-0660
편집부 전화 02-980-2116 **팩스** 02-983-8201
블로그 blog.naver.com/dreambookss
출판등록 1999년 3월 11일 제9-00046호

ISBN 979-11-283-9033-3 (04810) / 979-11-313-0507-2 (세트)

+ 이 도서의 국립중앙도서관 출판시도서목록(CIP)은 서지정보유통지원시스템홈페이지(http://seoji.nl.go.kr)와 국가자료공동목록시스템(http://www.nl.go.kr/kolisnet)에서 이용하실 수 있습니다. (CIP제어번호: 2017009014)

마왕
10
요도 김남재 신무협 장편소설
ORIENTAL FANTASY STORY & ADVENTURE
dream books
드림북스

목차

1장. 칠대천의 반격

— 기다렸습니다

혁련휘의 반대편에 있는 칠대천 내부가 들끓었다. 그도 그럴 것이 혁련휘의 아래로 들어간 마혈적가가 최근 벌이고 있는 일 때문이다.

그들은 흑거미와의 거래 내역을 가지고 마교에 있는 수많은 세력들을 뒤집어엎고 있었다.

문제는 그들이 다름 아닌 자신들의 하부 세력이라는 점이었다. 그런 그들에게 문제가 생기니 저절로 연관이 있는 칠대천에게도 막대한 피해가 가는 건 당연지사.

그리고 작금의 마혈적가가 무엇을 노리는지 모를 바보는 없었다.

혁련휘와 적대시하고 있는 칠대천들의 힘을 조금씩 갉아먹으려는 것이다.

당장에야 그게 그리 크지 않게 느껴질 수 있다지만 이것이 쌓이다 보면 결국 치명적인 타격이 될 수도 있는 상황.

상황이 이리 흐르자 칠대천들 또한 방비를 하지 않을 수 없었다.

묵룡천가 가주 천위극의 거처로 빠른 걸음으로 들어오는 한 사내가 있었으니, 그는 다름 아닌 혈뢰주가의 주인인 주석인이었다.

뭔가를 하고 있던 천위극은 주석인의 갑작스러운 방문에 하던 일을 멈추고 그를 맞아야 했다.

문을 통해 들어오는 주석인을 향해 천위극이 막 입을 열 때였다.

"주 가주, 갑자기 무슨 일로……."

"천 가주, 대체 그때 말한 그 계책이라는 건 언제까지 기다려야 합니까?"

날카로운 검과 같은 인상을 한 주석인의 얼굴에는 짜증이 가득했다.

지금 돌아가는 상황이 무척이나 마음에 들지 않는 그다.

혁련휘가 온 이후로 계속해서 휘둘리기만 하고 있지 않은가.

더군다나 그가 오자 죽은 듯이 지냈던 교주 혁무조 또한 예전과 다르게 거처에서 나와 자신들을 압박하기 시작했다.

혁련휘도 문제였지만, 그를 통해 혁무조가 움직이니 걱정이 배 이상으로 뛰고 있는 요즘이다.

주석인은 애써 짜증을 참으며 천위극을 바라봤다.

일전에도 흥분을 하여 그에게 화를 쏟아 내다 이내 준비해 둔 방책이 있다는 말에 머쓱해하며 물러난 경험이 있기 때문이다.

그런 주석인을 향해 천위극이 침착하니 말을 받았다.

"오늘 중으로 연락을 드리려 했는데 이렇게 먼저 오셨구려. 잠시 자리에 앉으시지요."

천위극의 말에 주석인은 방 한편에 자리한 의자에 자리했다.

그가 자리에 앉기 무섭게 조급한 속내를 증명이라도 하는 듯 곧바로 말을 이었다.

"계책은 잘되어 가는 겁니까? 아무런 것도 말씀을 안 하시니 저는 답답합니다그려."

"말씀드리지 않았습니까. 오늘 중으로 연락을 드리려 했다고."

"그 말은…… 준비가 어느 정도 진행되셨다는 말입니까?"

"어느 정도라……."

천위극이 픽 웃으며 중얼거렸다.

조금 더 상황을 엿보다 최악의 경우 사용할 비장의 패로 감춰 뒀던 계책이다.

그렇지만 혁련휘는 자신들이 무언가를 준비할 틈을 주지 않았다.

그랬기에 가능하면 아껴 두려 했던 이 최후의 패를 꺼내게 되고야 만 것이다.

사실 이 패를 지금 드러내지 않고 훗날 칠대천들 사이에서 서열을 정리할 때 사용할까 싶기도 했지만…….

천위극은 마음을 바꿨다.

당장에 중요한 건 혁씨 성을 지닌 그들의 힘을 끊어 내는 것이다.

지금 승부를 보지 않는다면 칠대천에게도 미래는 없다.

소교주를 죽게 만들면서 얻은 기회가 아니던가.

이 같은 기회는 다시 오지 않으리라.

혁련휘가 마교에서 자신의 위치를 조금 더 공고히 하면 그는 견고한 큰 나무가 되고 말 자다. 그랬기에 천위극 또한 최근 결단을 내렸던 것이다.

천위극이 바깥을 향해 말을 걸었다.

"준비가 되었느냐?"

그의 물음에 바깥에서 저음의 목소리가 흘러나왔다.

"예, 방금 전에 도착해서 지금쯤이면 준비가 다 끝났을 겁니다."

"그러면 이곳으로 들라 하게."

"알겠습니다."

말을 마친 천위극의 수하의 발걸음 소리가 멀어졌다. 그러자 가만히 앉아 둘의 이야기를 듣고만 있던 주석인이 궁금하다는 듯 물었다.

"들게 하라니 그 계책이 설마 사람입니까?"

안달이라도 난 것처럼 물어 오는 주석인의 모습을 곁눈질로 살피며 천위극은 괜스레 들고 있던 찻잔에 입을 가져다 댔다.

그가 조급해하는 걸 더욱 만끽이라도 하고 싶은 것처럼.

천천히 찻잔에서 입술을 뗀 그가 입을 열었다.

"보시면 알 겁니다."

"허허, 이거야 원. 천 가주께서 사람 속을 이리 잘 태우시는 분인 줄은 몰랐습니다."

말을 하면서 주석인이 가볍게 눈 끝을 찡그렸다.

이렇게까지 자신의 속을 태우고 있는 그의 행동이 그리 마음에 들지 않았다.

그랬기에 그가 준비해 두었다는 계책이 조금이라도 맘에 안 들면 당장이라도 트집을 잡을 생각까지 하며 내심 이를 갈고 있었다.

그러던 중 이내 몇 명의 발걸음 소리가 들려 왔다.

천위극이 찻잔을 내려다보며 가볍게 웃음을 흘렸다.

"왔나 보군요."

천위극이 고개를 돌려 문 쪽을 바라보며 짧게 말을 내뱉었다.

"열게."

닫혀 있던 문이 천위극의 말이 떨어지는 순간 양쪽으로 열렸다. 그리고 문 쪽으로 아무렇지 않게 고개를 돌렸던 주석인의 눈이 갑자기 화등잔만큼 커졌다.

자신도 모르게 주석인이 자리를 박차고 일어났다.

놀란 그가 더듬거렸다.

"이, 이건……."

트집까지 잡을 준비를 했던 주석인은 놀란 얼굴로 아무런 말도 하지 못했다.

문을 통해 모습을 드러낸 존재가 그만큼 그를 놀라게 만든 탓이다.

너무도 놀라 입을 쩍 벌린 채로 멍하니 상대를 바라보는 주석인을 보며 천위극이 자신만만한 목소리로 말했다.

"이게 바로 나의 계책이외다. 어떠시오? 마음에 드시오?"

*　　*　　*

혁련휘 일행은 마혈적가 가주 적인호를 비롯한 그의 가문에 속한 오십여 명의 무인들과 함께 어딘가로 빠르게 움직이고 있었다.

해가 지긴 했지만 아직은 잠이 들기엔 이른 시각.

그들이 향하는 곳은 마교 한곳에 있는 철필이가(鐵筆李家)라는 가문이었다.

철필(鐵筆:철로 된 붓)을 이용하는 특이한 무공을 지닌 그들은 다름 아닌 묵룡천가 휘하의 가문이기도 했다.

철필이가가 자랑하는 그들의 무공은 손속이 잔혹하기로 유명하다. 그리고 그런 무공을 지닌 가문답게 그곳에 속한 이들 또한 무척이나 전투적인 성향을 지녔다.

혁련휘가 직접 움직이는 것은 그 때문이었다.

흑거미의 장부를 가지고 나타났을 때 그들의 반응은 몇 가지로 정리됐다.

처음부터 잘못했다고 넙죽 엎드리는 자, 그리고 뻔뻔하게 모르쇠로 일관하는 자. 마지막이 바로 싸움이라도 불사하겠다는 듯 덤비고 드는 자들이다.

그리고 바로 이곳 철필이가는 그럴 확률이 아주 높은 이들이었다.

물론 승산 없는 싸움이고, 그들 또한 정말로 대공자의 명을 따르는 마혈적가에게 싸움을 걸지는 않을 것이다.

허나 상대는 철필이가다.

칠대천에 속한 이들은 아니지만 바로 그 아래 등급으로 분류되는 자들.

마혈적가라 해도 혹여나 싸움이 벌어지게 되면 적잖은 피해를 감수해야 했다.

아직 내부적으로 완전한 정리가 끝나지 않은 흑랑방이 돕기 어려운 상황이다 보니 자연스레 혁련휘가 직접 나섰다.

만약 그들이 이를 드러낸다 해도 쉽사리 제압할 수 있다 여겼기 때문이다.

저녁을 먹고 쉬지도 못했다는 사실이 못내 마음에 안 든다는 듯이 환야가 투덜거렸다.

"잘못을 했으면 알아서 기어야지 이건 뭐 상전도 아니고 직접 찾아가야 하는지 원."

말은 그리하고 있지만 환야도 알고 있다.

철필이가 정도 되는 자들이 그리 쉽게 죄를 인정할 리도 없고, 또 자신들이 내리는 벌을 받으려 하지도 않을 거라는 것도.

혁련휘의 옆에 선 채로 길 안내를 하고 있던 적인호가 이내 멀리에 모습을 드러내기 시작한 커다란 장원을 가리키며 말했다.

"저곳이 철필이가입니다. 그런데…… 이상하군요."

"뭐가 이상하다는 거지?"

"그들이라면 입구에서부터 막을 거라 생각했는데 최소한의 보초 병력 말고는 다른 이들이 보이질 않습니다."

적인호가 의아하게 여기는 건 바로 그것이었다.

자신들이 이 일에 대해 묻기 위해 찾아오겠다는 말은 이미 오전 중에 알렸다.

여태까지의 전례가 있으니 아마 그들 또한 최대한의 방비를 할 거라 여겼다.

순순히 철필이가의 문을 넘긴 힘들 거라 생각했는데…….

입구에 선 무인들의 얼굴엔 자신들을 발견하고 긴장한 기색들이 가득했다. 그렇지만 단지 그뿐, 그들의 반응은 혁련휘나 마혈적가의 예상과는 너무도 달랐던 것이다.

그런 적인호의 말에 혁련휘 또한 작게 고개를 끄덕였다.

그가 하는 말뜻이 뭔지 바로 알아들었기 때문이다.

그렇지만 상관없었다.

상대의 반응이 어땠든, 또 무슨 계책을 준비해 놨든 말이다.

변하는 건 아무런 것도 없으니까.

무덤덤하니 혁련휘가 철필이가의 입구에 도달했다. 입구를 지키고 있던 수문 위사들이 황급히 혁련휘를 향해 예를 갖추었다.

"대공자님을……"

"가주는?"

혁련휘가 그들의 말을 자르며 물었다.

그런 혁련휘의 질문에 수문 위사들 중에 우두머리로 보이는 이가 조심스럽게 대답했다.

"안에서 대공자님을 기다리고 계십니다."

"기다린다?"

혁련휘가 짧게 말을 내뱉고는 옆에 있는 적인호를 바라봤다.

직접 이곳에 온 이유가 무엇인가.

그들의 격렬한 저항을 대비해서다. 그런데 너무도 쉽게 모든 게 일사천리로 이뤄지니 이상하다는 생각이 든다.

처음 입구에 수문 위사 몇 명만이 자리하고 있는 걸 봤을 때부터 들었던 생각.

'꿍꿍이가 있군.'

그게 뭔지는 모르겠지만…….

혁련휘가 망설이지 않고 철필이가의 문을 넘어 안으로 한 걸음 내디뎠다.

선두에서 걸어 나가던 혁련휘가 뒤편을 향해 짧게 말했다.

"다들 긴장해."

혁련휘의 그 말에 뒤편에 서 있는 이들이 고개를 끄덕였다.

그렇게 혁련휘는 곧바로 길을 따라 철필이가 가주가 있는 장소를 향해 나아갈 수 있었다.

처음에는 뭔가 꿍꿍이가 있지 않을까 의심했지만 그건 착각이었다.

놀랍게도 가주의 거처에 도착할 때까지 그들은 함정으로 보이는 그 어떠한 것도 발견하지 못했으니 말이다.

그리고 이내 도착한 가주의 거처.

혁련휘가 말했다.

"마혈적가 무인들은 적인호를 빼고 모두 입구에서 대비한다."

명이 떨어지자 적인호가 빠르게 혁련휘의 말대로 수하들을 철필이가 가주의 거처 주변을 지키듯 서게 만들었다.

빠르게 정리가 끝나자 적인호가 고개를 끄덕였다.

그 신호를 확인하고서야 혁련휘가 먼저 안으로 걸음을 옮겼다.

그리고 그런 그의 뒤를 비설을 비롯한 나머지 인원들이 바짝 뒤쫓았다.

긴 복도를 걷던 와중에 비설은 옆에 걸려 있는 장식품들을 보며 입을 쩍 벌렸다.

특별하게 제작한 사람 크기만 한 붓이 장식처럼 걸려 있었다.

비설이 그 붓을 보며 중얼거렸다.

“쓰지도 못할 붓을 뭐 이리 크게 만들어서 걸어 놨데요. 다닐 때 거치적거리게.”

“쓸데가 왜 없냐. 결이 고운 게 바닥 청소할 때 쓰면 딱이겠네.”

옆에 있던 부의민이 말을 받자 비설이 웃기다는 듯이 픽 하고 웃음을 터트렸다. 농담 섞인 말을 주고받는 둘을 바라보며 적인호는 신기하다는 표정을 지어 보였다.

지금 이곳은 어찌 보면 적진이나 다름없는 곳이다.

그런 장소에 와서 긴장한 티 하나 없이 저런 농담을 하고 있다니…… 용감한 건지 아니면 무지한 건지 쉬이 분간이 가지 않았다.

‘뭐 비단 특이한 건 저 둘 뿐은 아니지.’

비설과 부의민뿐만이 아니다.

다른 두 명인 환야와 달치도 긴장한 빛 하나 보이지 않는 건 매한가지였다. 둘을 보고 있자면 지금 자신들이 식사라도 하러 객잔이라도 가는 건가 하는 착각이 일 정도다.

더군다나 달치의 허리에 달린 어마어마한 크기의 도끼는 실로 보는 것만으로도 움츠러들게 만든다.

저런 무거운 무기를 아무렇지 않게 달고 다니는 것만으로도 달치의 힘이 얼마나 대단한지 말해 주고 있었다.

그렇게 장식품으로 가득한 복도를 따라 들어간 가주의 거처.

커다란 문 앞에는 두 명의 시비들이 양쪽에 서서 혁련휘 일행을 기다리고 있었다. 그리고 그들이 나타나기 무섭게 문을 양쪽으로 열며 공손히 머리를 숙였다.

혁련휘와 그의 일행들이 열린 문을 통해 방 안으로 성큼 걸어 들어갔을 때였다.

앞에 있는 커다란 탁자의 한쪽에 위치하고 있던 사내가 몸을 일으켜 세웠다.

오십이 훌쩍 넘은 나이.

그렇지만 덩치가 장대하고 어깨가 떡 벌어져 무척이나 묵직한 무게감을 주는 사내, 그가 바로 이곳 철필이가의 가주 이묵환이었다.

이묵환이 포권을 취하며 혁련휘를 맞았다.

"기다렸습니다, 대공자님."

말을 내뱉는 이묵환의 얼굴에 걸린 미소.

그 미소를 보며 혁련휘가 서서히 걸음을 옮겼다. 거리를 좁히며 다가오던 혁련휘가 이내 기다란 탁자의 한쪽에 위치한 의자를 잡아당기며 몸을 실었다.

의자에 앉은 혁련휘가 자리에 서서 자신을 바라보고 있는 그를 향해 차갑게 입을 열었다.

"이상하군. 네가 날…… 기다릴 상황인가?"

혁련휘의 말에 이묵환은 여전히 뜻 모를 미소를 짓고 있다가 입을 열었다.

"그래요? 제가 대공자님을 피해야 할 이유가 있을는지요."

오히려 되묻는 이묵환의 태도에 뒤편에 서 있던 적인호는 기가 찼다. 오늘 자신들이 왜 찾아왔는지 모를 그가 아니다.

더불어 장부를 통해 그들이 뒷돈을 받은 과정도 상세히 알아낸 상태다. 이 정도의 증거라면 아니라고 발뺌을 하려 한다 한들 결코 그냥 넘어갈 수 있는 수준이 아니다.

혁련휘가 말없이 손을 들어 올렸다.

그러자 기다렸다는 듯이 뒤편에 있던 환야가 다가와 혁련휘의 손에 흑거미들의 소굴에서 얻은 장부를 건넸다.

장부를 건네받은 혁련휘가 그것을 펼치고 안의 내용을 살폈다.

그곳에 적혀 있는 철필이가의 이름을 찾은 혁련휘가 그 내용을 재차 확인했다.

“한두 번도 아니고 무려 여섯 차례나 흑거미들에게 상납을 받았군그래.”

“큰일을 하다 보면 돈이 필요한 법이지요. 물론 저도 아래에서 올라온 돈이다 보니 정확한 출처를 알지 못하였습니다. 그 점은 송구스럽게 생각합니다. 추후엔 이런 일이 없게……”

“뭔가 착각하는 거 아닌가?”

“착각이라 하시면 무엇을 말씀하시는 것인지요?”

웃으며 되묻는 이묵환의 모습엔 여유가 넘쳤다.

그런 그의 모습에 적인호를 비롯한 모두가 슬쩍 불쾌감을 느끼는 바로 그때였다.

혁련휘가 탁자의 모서리를 움켜잡았다. 그리고 이내 그의 손을 타고 흘러나간 내력이 그 기다란 탁자에 수십 개가 넘는 금이 가게 만들었다.

그리고 이내 탁자는 갈가리 찢겨지듯 부서져 바닥으로 떨어져 내렸다.

갑작스러운 혁련휘의 태도에 이묵환이 뭔가 말을 꺼내려 하는 그 순간이었다.

혁련휘가 입을 열었다.

“네놈에게 내일이 있을 거라는 생각.”

살기 어린 그 한마디에 이묵환의 표정이 일순 당황스러움에 젖었다.

허나 그게 끝이 아니었다.

그 말과 함께 혁련휘의 발이 바닥에 널브러져 있는 탁자의 부서진 조각들 중 하나를 걷어찼다.

혁련휘의 발등을 타고 쏘아져 나간 나무 조각은 마치 쇠망치라도 된 것처럼 멀뚱히 서 있던 이묵환의 복부를 후려쳤다.

"크윽!"

그가 붕 허공으로 뜨더니 뒤편으로 밀려 나갔다.

벽에 처박히고서야 가까스로 땅에 발을 디딘 그가 일격을 허용한 복부를 움켜쥔 채로 거칠게 숨을 내쉬었다.

나무 조각에 일격을 당한 것뿐이거늘 몸 안의 장기가 당장이라도 목구멍을 타고 밀려 나올 것처럼 고통스러웠다.

숨을 쉬고 있거늘 목이 콱 막혀 당장이라도 뒤로 넘어갈 것 같은 고통이 전신으로 파고들었다.

혁련휘의 내력이 그만큼 대단했기에 가능한 일이었다.

갑작스럽게 돌변하며 이묵환에게 일격을 날린 혁련휘의 모습에 뒤편에 서 있던 적인호는 자신도 모르게 입가에 미소를 머금었다.

실로 멋지지 않은가.

내일이 있을 거라 생각하냐며 갑자기 돌변하는 순간 보는 것만으로도 번개에 맞은 것처럼 짜릿한 희열이 밀려들었다.

바로 저것이다.

저것이 바로 그토록 바랐던 마교의 미래를 이끌 사내의 모습이다.

그리고 이어지는 인정사정없는 일격.

건방져 보이기까지 했던 이묵환이 그 일격으로 인해 숨도 못 쉬고 켁켁거리는 걸 보고 있자니 막혔던 속이 뻥 뚫리는 기분이다.

바닥에 엎어지듯 구부정하게 있는 이묵환을 향해 혁련휘가 천천히 다가갔다. 그러고는 숨을 몰아쉬는 이묵환의 멱살을 움켜쥔 채로 그를 강제로 일으켜 세웠다.

그가 새파랗게 질린 얼굴로 혁련휘를 바라봤다.

그리고 그 눈에는 이미 아까의 여유는 사라진 지 오래였다.

그것을 확인한 혁련휘가 고개를 끄덕이며 말했다.

"이제야 시건방졌던 눈빛이 맘에 들게 변했군."

"대, 대공자님 아무리 그러셔도 이건 너무 과하신 처사……."

이묵환이 힘겹게 말을 이어 가려고 할 때였다.

혁련휘는 그를 허공에 들어 올린 그대로 벽으로 밀어붙였다.

등이 벽과 충돌하며 다시금 강한 충격이 전신으로 퍼져 나갔다.

"으윽."

억지로 신음을 삼키는 그를 향해 혁련휘가 차갑게 쏘아붙였다.

"과해? 그걸 왜 네가 정하지? 과한지 아닌지 정하는 건 네가 아니라 바로 나야."

말과 함께 혁련휘가 손에 불어 넣은 힘을 보다 올렸다.

그러자 벽에 밀려들던 이묵환의 몸이 자연스레 돌들 사이를 점점 비집고 들어갔다.

더불어 그의 얼굴에서 고통으로 인해 식은땀이 줄줄 흘러내렸다.

그리고 때를 맞추어 뒤편에서 다급한 발걸음 소리들이 밀려들었다.

알면서도 혁련휘는 별 신경 쓰지 않고 허공에 들어 올린 이묵환에게 시선을 주고 있었다.

이내 그 일련의 무리들이 이묵환의 거처에 모습을 드러냈다.

그런데 그들은 철필이가의 무인들이 아니었다.

나타난 십수 명의 무인, 그리고 그 뒤편에서 모습을 드러내는 한 명의 노인.

범상치 않은 분위기를 풀풀 풍기는 그는 이곳에 있는 모두가 아는 인물이기도 했다.

들이닥친 무리에게 시선을 돌렸던 적인호가 나지막이 중얼거렸다.

“천 가주?”

묵룡천가의 천위극이 직접 이곳에 모습을 드러낸 것이다.

그를 부르는 적인호의 목소리를 들은 혁련휘 또한 힐끔 시선을 돌려 천위극의 얼굴을 확인했다.

적인호의 말대로 이곳에 천위극이 모습을 드러낸 것이다.

적인호가 빠르게 상황을 살폈다.

여태까지 수하들을 쳐 내는데도 불구하고 미동도 않던 천위극이다.

그런 그가 지금 이곳에 나타났다. 그 이유가 뭐겠는가.

철필이가를 지키려는 게다.

여태까지 당한 자들과 철필이가는 비교하기 힘들 정도의 차이가 있으니까. 그래도 설마 천위극이 직접 움직일 거라고는 예상 못 했던 적인호는 적잖이 놀란 상황이었다.

천위극이 여전히 이묵환을 허공에 든 채로 자신을 바라보는 혁련휘를 향해 예를 취했다.

“천가의 주인이 대공자님을 알현합니다.”

"그대가 여기 무슨 일이지?"

철필이가가 묵룡천가 휘하에 있는 자들이라는 걸 잘 알면서 혁련휘가 도리어 물었다. 그런 혁련휘의 질문에 천위극이 대꾸했다.

"지금 대공자님의 손에 들린 이를 살리려고 왔습니다."

"그게 가능할 거라 생각하나?"

혁련휘는 멱살을 쥔 손에 더 힘을 불어 넣으며 물었다.

적인호와 마찬가지로 혁련휘 또한 오늘 이곳에서 천위극을 만날 거라는 생각은 하지 못했다.

그들의 입장에서 흑거미와 관련된 자리에 직접 모습을 드러내기엔 스스로 뭔가 치부를 드러내는 꼴이 될 수 있다 여겼으니까.

그렇지만 예상 밖으로 천위극이 움직였다.

그리고 그걸로 모자라 철필이가의 가주인 이묵환을 살리려고까지 하고 있다.

혁련휘는 망설이지 않고 천위극을 향해 자신의 살의를 뿜어냈다. 그가 말린다 하여 들어야 할 이유는 없었다.

그랬기에 이 손을 거둘 이유 또한 없다.

천위극 또한 애초에 자신이 나타난다 해서 혁련휘가 멈춰 줄 거라 여기지 않았다. 그럼에도 불구하고 그가 나타난 건…….

천위극이 슬쩍 뒤쪽으로 고개를 돌렸다.

그리고 그 순간 무인들이 갈라졌다.

그런 상황에도 아랑곳하지 않고 혁련휘가 이묵환에게로 시선을 돌린 채 손에 보다 더 내력을 쏟아 붓기 시작했다.

바로 그때였다

"그만하시지요, 형님."

들려오는 익숙한 목소리.

그리고 그 목소리와 형님이라는 호칭에 혁련휘가 움찔했다.

이내 혁련휘는 믿을 수 없다는 듯한 표정으로 천천히 고개를 돌려 소리가 난 방향을 바라봤다.

그리고 그곳엔…… 그가 있었다.

마교의 소교주, 혁련휘를 움직이게 만든 당사자인 혁리원이.

혁련휘가 상대를 보고 눈을 크게 치켜떴을 때다.

한쪽에 자리하고 있던 적인호가 놀란 듯 중얼거렸다.

"소, 소교주님?"

적인호의 목소리와 모두의 놀란 표정을 보며 혁련휘는 확신할 수 있었다.

'환영이 아니다.'

지금 눈앞에 있는 건 환영이 아닌 진짜 사람이다.

그렇지만 그건 말이 되지 않았다.

어찌 혁리원이 지금 자신의 눈앞에 나타날 수 있단 말인가.

그가 죽는 걸 두 눈으로 직접 본 것이 바로 자신이다. 그런 자신의 앞에 죽었던 동생이 살아서 돌아와 있다.

말도 안 되는 상황에 혁련휘의 손아귀에 들어갔던 힘이 풀렸다.

털썩.

바닥으로 떨어져 내린 이묵환이 혼절했다.

그렇지만 혁련휘는 자신이 이묵환을 떨어트린 건 아랑곳하지도 않고 몸을 돌려 자신의 눈앞에 있는 상대를 응시했다.

너무나 보고 싶었던 녀석, 허나 평생 볼 수 없다 여겼던 소중한 동생.

혁리원이 눈앞에 있다.

다시 만나면 얼마나 반가울까 생각했다.

그렇지만…… 반갑지 않았다.

동생이 살아 돌아왔을 리가 없음을 너무나 잘 알았기에.

다른 이라면 모를까 죽은 혁리원을 직접 묻은 혁련휘는 알 수밖에 없었다.

'이놈…… 가짜다.'

문제는 눈앞에 있는 이자가 혁리원과 놀랄 정도로 똑같

은 외모를 지녔다는 거다.

뚫어져라 봐도 조금의 차이도 느껴지지 않을 정도로. 거기다 목소리나, 말을 할 때의 자그마한 습관까지도 모두 일치한다.

살짝 미소 짓는 그 얼굴은 정말로 동생 혁리원이 살아 돌아온 게 아닐까 하는 착각을 불러일으킨다.

하지만…….

뿌드득!

혁련휘가 이를 갈았다.

지금 이들이 무슨 짓을 벌이려고 하는지 소름 끼치도록 잘 알고 있으니까.

혁련휘에게 다가온 천위극이 여유 가득한 얼굴로 친근하게 말을 걸어왔다.

"소교주님을 찾아오라 명하셨지요?"

혁련휘가 차가운 시선으로 그를 노려봤고, 그런 눈빛을 받으면서도 천위극은 할 말을 이었다.

"그래서 제가 대공자님께서 명하신 대로 소교주님을 모시고 왔습니다."

득의양양한 천위극의 목소리에 혁련휘가 살기를 뿜어내며 말했다.

"……이게 무슨 장난질이지?"

"장난질이라니 그게 무슨 말씀이십니까?"

전혀 모르겠다는 듯이 양손을 들어 올리는 천위극을 보며 혁련휘는 짙은 살심이 돌았다.

그렇지만 혁련휘는 살기만 뿜어 댈 뿐 손을 휘두르지 않았다.

지금 자신이 공격한다면…… 그건 이들에게 기회가 될 뿐이다. 그리고 그렇게 나오기를 천위극이 오히려 바라고 있을지도 모른다.

분을 삼키며 버텨 내는 혁련휘를 보며 천위극은 비웃음을 삼켰다.

'그리 쉽게 당하지는 않겠다?'

화를 내며 달려들기를 바랐다.

그럼 그걸 핑계 삼아, 대공자가 소교주의 등장에 자신의 자리를 뺏길까 봐서 지레 겁먹고 살수를 펼친 것으로 몰아갈 생각이었으니까.

그런데 혁련휘는 참아 냈다.

두 눈에서 뚝뚝 떨어질 정도의 짙은 살기가 보이는데도 불구하고 말이다.

그런 혁련휘를 향해 천위극이 조롱하듯 말했다.

"대공자님은 소교주님이 돌아오신 게 그리 탐탁지 않으신 모양입니다."

"……."

혁련휘는 아무런 대꾸도 하지 않았다.

지금 이 상황이 자신에게 그리 유리하지 않다는 걸 잘 알고 있었으니까.

혁련휘가 침묵하고 있는 사이 혼절해 있는 이묵환을 묵룡천가의 무인들이 업고 옆으로 빠르게 비켜섰다.

그리고 그 순간 혁리원의 얼굴을 한 그 사내가 다가왔다.

"오랜만입니다, 형님. 잘 지내셨……"

"그만."

혁련휘가 그의 말을 잘랐다.

그리고는 차가운 시선으로 혁리원의 얼굴을 한 그자를 바라보며 말을 이었다.

"너에겐…… 날 형님이라 부를 자격이 없다."

듣고 싶지 않았다.

혁리원의 얼굴로, 그의 말투로 자신을 형님이라 부르는 꼴은.

혁련휘의 경고에 그는 어깨를 으쓱하며 픽 웃어 보였다.

그리고 그런 행동에 혁련휘는 입술을 깨물었다.

대화를 주고받는 둘을 바라보던 천위극이 선포하듯이 말했다.

"지금 이 순간부터 저희 묵룡천가가 소교주님을 보필하

고 호위할 것입니다."

묵룡천가의 속셈은 뻔했다.

가짜 혁리원을 내세워 혁련휘에게 향하고 있는 마교 내의 분위기를 바꾸고자 하는 것이다.

혁련휘를 대항할 유일한 자, 그건 혁리원뿐이었으니까.

마교의 실질적인 다음 후계자는 소교주로 임명됐던 혁리원이었고, 당연히 그의 등장은 혁련휘의 지지 기반을 뒤흔드는 큰 계기가 될 것이다.

말을 마친 천위극이 혁련휘에게 다가오더니 그의 귓가에 입을 가져다 대고 작게 속삭였다.

"웃으시지요. 그래도 동생분이 돌아오신 자리 아닙니까."

"너…… 반드시 내가 죽인다."

혁련휘가 목소리에서는 분노가 뚝뚝 묻어났다.

진심으로 화가 났기 때문이다.

죽은 혁리원을 욕보이게 만든 천위극의 행동에 실로 커다란 분노가 치밀었다.

혁련휘의 경고에 천위극이 웃는 얼굴로 그의 말을 받았다.

"가능하다면…… 얼마든지."

혁련휘와 칠대천의 싸움이 가짜 혁리원의 등장과 함께 새로운 국면으로 치닫기 시작했다.

2장. 흔적

— 제가 도울게요

철필이가를 치기 위해 움직였던 혁련휘는 가짜 혁리원의 등장으로 인해 결국 빈손으로 돌아와야만 했다.

목표한 것을 놓친 것도 문제였지만 그보다 큰일은 역시나 혁리원이었다. 혁리원의 등장은 대공자라는 직위를 가지고 마교를 뒤흔들고 있던 혁련휘에게 큰 벽이나 다름없었다.

비록 혁련휘가 형이라고는 하나, 결국 마교의 진짜 후계자는 소교주의 자리를 물려받았던 혁리원이었기 때문이다.

혁련휘의 거처에 모인 그를 따르는 일련의 사람들.

그들과 함께 자리한 자리에서 혁련휘가 곧바로 입을 열

었다.

"그놈 가짜야."

"가짜라고요?"

"응, 확실해."

"어찌 그리 확신하십니까? 정말로 소교주님이실 가능성도……"

"죽었으니까."

혁련휘의 그 한마디에 말을 이어 가고 있던 적인호가 갑자기 경직된 듯 멈칫했다. 그가 이내 떨리는 목소리로 되물었다.

"그게 사실입니까?"

"확실해. 원이의 시신을 거둬서 묻어 준 게 나와 여기 있는 이 두 녀석이니까."

혁련휘가 뒤편에 있는 환야와 달치를 힐끔 쳐다보고는 말했다.

그런 혁련휘의 행동에 환야 또한 동조의 눈빛을 띤 채로 고개를 끄덕였다.

죽은 혁리원을 직접 묻어 준 것이 혁련휘, 그리고 당시 그곳에 있었던 게 환야와 달치였다. 그랬기에 혁련휘와 마찬가지로 그 또한 그의 죽음을 눈으로 확인한 인물이기도 했다.

꽤나 놀라운 사실에 적인호가 나지막이 중얼거렸다.

"소교주님이 죽었다는 소문이 칠대천을 비롯해 마교 수뇌부들 사이에 퍼진 적이 있었습니다. 당시엔 실종과 맞물려 나온 헛소문이라 여겼는데…… 그게 사실이었던 거군요."

마교의 최고위층 내부에서 은연중에 돌던 그 소문을 칠대천의 하나를 이끄는 적인호가 모를 리가 없다. 그 또한 소교주에 관한 소문을 들었지만 헛소문일 거라 여겼던 쪽이었다.

그게 죽음이든 실종이든 간에 소교주에게 뭔가 일이 있을 거라는 건 적인호 또한 어느 정도 예상했던 바.

그리고 애초에 소교주가 묵룡천가의 편에 나타났다는 것 자체가 이상한 일이었다.

그는 칠대천과 그리 사이가 좋지 못했으니까.

앞뒤 정황을 놓고 봤을 때 혁련휘의 놀라운 말은 사실이라는 판단이 섰다.

적인호가 조심스레 말을 이었다.

"그럼 단지 그자가 소교주님과 똑같은 얼굴을 한 자라는 말씀이십니까?"

"그렇다고 말해야겠지만…… 과연 그게 가능한 일일까?"

혁련휘는 아직까지도 노기가 서려 있는 얼굴로 주먹을 움켜쥐었다.

눈앞에서 본 가짜 혁리원.

그자는 정말로 동생이 살아서 돌아온 게 아닐까 하는 착각을 불러일으킬 정도로 완벽했다.

한 치의 틀림도 없이 말이다.

그랬기에 의문이 생긴다.

얼굴이 비슷할 순 있다.

그렇지만 이건 그저 비슷하다 말할 수 있는 수준이 아니다.

혁리원과 판박이처럼 닮았고, 심지어 목소리마저 똑같다.

과연 이런 우연이 쉬이 있을까?

혁련휘의 의심 가득한 목소리에 환야가 조심스레 둘 사이의 대화에 끼어들었다.

"다른 걸 의심하고 계신 겁니까?"

"닮은 자라면 모르겠지만, 똑같은 자니까."

닮은 것과 똑같은 것. 어찌 보면 둘은 비슷하지만 또 깊게 파고들면 엄연히 다른 것이다. 그리고 혁련휘는 이처럼 똑같은 자가 나타난 게 불가능한 일이라 여겼다.

그토록 완벽히 똑같은 얼굴로 태어난다는 것 자체가 말이다.

환야는 혁련휘의 생각을 읽은 듯이 물었다.

"혹시…… 역용술이나 인피면구를 의심하시는 겁니까?"

환야의 질문에 혁련휘가 말없이 천천히 의자에 몸을 기댔다.

이처럼 비슷함을 넘어 완벽히 똑같은 얼굴이 타고났을 거라 여겨지진 않았다. 그렇다면 자연스레 드는 두 가지의 방법. 그것이 바로 환야가 말한 역용술과 인피면구였다.

인위적으로 얼굴을 바꿀 수 있는 두 가지의 방법.

역용술은 얼굴과 체형을 바꾸는 무공이다. 물론 실력에 따라 변하는 과정이나 시간도 오래 걸리고, 그 완벽함도 다르다.

그리고 두 번째는 가죽으로 된 가면으로 가짜 얼굴을 만드는 인피면구다.

이 또한 만드는 자의 실력에 따라 얼마나 완벽하느냐가 판가름 나곤 한다.

혁련휘가 역용술과 인피면구를 의심한다는 사실을 눈치챈 환야가 자신의 입술을 깨물었다.

환야 또한 역용술과 인피면구에 능통한 인물이다.

그랬기에 역용술이나 인피면구를 사용한 상태인지 아닌지를 알아보는 눈썰미가 제법 좋다 자부했다.

그런 자신이다.

소교주가 죽은 사실을 너무도 잘 아는 자신이 어찌 그의 얼굴을 한 자가 나타났는데 혁련휘와 마찬가지 생각을 하지 않았겠는가.

당연히 가장 먼저 역용술이나 인피면구를 의심했다.

문제는 그런 자신이 확인했음에도 불구하고 전혀 이상한 점을 찾지 못했다는 거다.

환야가 혁련휘에게 말했다.

"대장, 제가 아까 유심히 봤는데 역용술이나 인피면구의 흔적은……"

"알고 있어."

일부러 지척까지 다가가서 동생의 얼굴을 한 상대를 노려보면서 걸어 나왔던 혁련휘다. 분노가 치밀었지만, 그 와중에서도 냉정하게 상황을 판단했기에 가능했던 행동이다.

그렇지만 그런 냉정함에도 불구하고 혁련휘는 아무런 단서도 얻지 못했다.

더군다나 이런 상황에 역용술이나 인피면구를 사용해 가짜 소교주를 만드는 위험을 과연 그들이 했을까 하는 의문이 든다.

역용술이나 인피면구는 임시방편으로 위기를 넘길 때나 사용해야지, 지금 같은 상황에 이토록 사용하는 건 여러 가지 위험이 따르니까.

역용술이나 인피면구의 치명적인 단점.

찰나의 순간은 속이는 게 가능할지 모른다. 하지만 얼마가 될지 모르는 긴 시간이다.

그 긴 시간 동안 역용술이나 인피면구를 뒤집어쓴 채로 마교의 수많은 고수들의 눈을 속일 수가 없다는 거다.

마교는 세상에서 가장 강한 이들이 모여 있는 곳.

그런 곳에서 역용술이나 인피면구를 뒤집어쓴 채로 다른 사람의 흉내를 내는 게 결코 오래가지 못할 것이라는 소리다.

그리고 그 사실을 다른 칠대천들 또한 모르지는 않을 터인데……

분명 눈으로 확인해 본 것도 있고, 앞뒤 정황상 역용술이나 인피면구가 아닌 진짜 얼굴이라 봐야 옳다.

만약 혁련휘 또한 직접 시신을 눈으로 본 게 아니었다면 자신이 뭔가 잘못된 정보를 받은 게 아닐까 착각을 할 정도로 똑같은 얼굴.

혁련휘가 나지막이 중얼거렸다.

"역용술이나 인피면구가 아니면 설명이 안 될 정도로 똑같은 얼굴. 그런데 그런 수를 사용한 흔적이 보이지 않는다라……."

두 가지의 모순되는 점을 읊으며 혁련휘가 손가락으로

가볍게 탁자를 두드렸다.

생각이 복잡했다.

자신도 자신이지만 혁무조의 눈까지 속여야 하는 일에 역용술이나 인피면구를 쓰는 위험을 그들이 감당했을까?

결국 혁련휘는 결론에 도달했다.

"……역용술이나 인피면구로 속이는 건 불가능해."

그때였다.

이야기를 듣고만 있던 비설이 그런 혁련휘를 향해 입을 열었다.

"아뇨, 형님. 가능합니다."

"갑자기 무슨 소리야?"

"형님이 말씀하신 거요. 환야 아저씨는 물론이고 형님도 속일 수 있는 사람. 세상에서…… 단 한 명 가능한 사람이 있죠."

비설의 말에 혁련휘가 크게 눈을 치켜뜬 채로 그녀를 응시했다.

모두의 시선을 받던 와중 비설이 혁련휘를 향해 말했다.

"여기 말고 따로 자리 좀 만들어 주세요. 제가 아는 걸 말씀드릴 테니까요."

비설의 말에 혁련휘는 우선 그 자리를 파했다.

적인호를 자신의 가문으로 돌려보내고 다른 이들 또한 그들의 방으로 돌려보내자 혁련휘와 비설 단둘이만 남게 됐다.

상황이 그리되자 혁련휘가 그녀에게 물어 왔다.

"그게 무슨 소리야? 우리를 속일 수 있는 사람이 있다니?"

"형님은 아시잖아요. 제가 환영학관에 남장을 하고 들어왔던 걸요."

비설의 말에 혁련휘는 고개를 끄덕였다.

어찌 그 사실을 모르겠는가. 비단 환영학관에서만이 아니라 지금 이 순간에도 남장을 한 채로 자신의 앞에 있는 비설이다.

비설이 그런 혁련휘를 향해 말을 이어 나갔다.

"역용술은 사실 생각도 안 했습니다. 제아무리 뛰어난 역용술이라 해도 결국 제 목표는 마교였으니까요. 그리고 마교로 들어오게 되면 역용술로 남자의 모습을 하고 있는 건 한계가 있었죠."

비설 또한 뛰어난 역용술을 지녔음에도 불구하고 혁련휘가 아까 했던 고민과 마찬가지의 이유로 굳이 번거로운 변장을 택했다.

뛰어난 고수 앞에서 역용술이 들통 나게 된다면 그 즉시 모든 계획은 물거품이 되기 때문이다.

그랬기에 역용술은 애초부터 비설이나 북천회가 생각했던 계략에 없었다. 그리고 또한 그들이 최우선 순위로 둔 건 변장도 아니었다.

북천회가 비설이 여인인 걸 감추기 위해 가장 먼저 준비했던 건 다름 아닌 인피면구였다.

그러나 그 계획은 결국 실행되지 못하고 물거품이 되어 사라졌다.

그 이유는 하나였다.

"만보신면(萬步新面), 사실 전 그의 인피면구를 받으려고 했어요."

"만보신면? 그런 자가 있었던가?"

생소한 별호에 혁련휘가 가볍게 이마를 찌푸리며 기억을 더듬었다. 그렇지만 혁련휘의 기억 속에 그런 별호는 존재하지 않았다.

그런 혁련휘의 행동에 비설이 당연하다는 듯 고개를 끄덕였다.

"형님은 모르시는 게 당연하죠. 제대로 활동하던 것이 이십여 년은 훌쩍 넘었고, 그 이후엔 죽은 듯이 숨어 지냈으니까요. 저도 제 사부님에게 듣지 않았다면 몰랐을 거예요."

만보신면이란 별호는 한때 중원에서 꽤나 알려졌던 별호

였다.

만 보를 걸으며 걸음걸음마다 새로운 얼굴을 선보였다는 전설을 지닌 인물.

무공은 그리 빼어나지 않았지만 인피면구를 만드는 실력만큼은 천하제일이라 북천회에서도 그의 힘을 빌리려 했었던 것이다.

그러던 차에 갑작스럽게 만보신면이 실종됐다.

그자를 찾기 위해 북천회에서는 백방으로 수소문했지만 결국 아무런 단서도 찾지 못했다. 그랬기에 북천회는 인피면구 작전을 철회하고 당시 어린 비설을 변장시키기로 정했던 것이다.

비설이 말을 이었다.

"그 만보신면이라는 자에게 인피면구를 구해 학관에 잠입하려 했지만 그러던 중 그가 사라졌고, 결국 전 형님이 아시는 바대로 그냥 변장만 하고 들어갔었죠."

"그래서? 지금 내 동생의 얼굴을 한 그자가 그 만보신면이라는 자의 인피면구를 했다 이건가?"

"장담할 순 없지만 제 생각은요."

"왜 그리 생각하지?"

"사부님께서 천하에서 마교 교주의 눈을 속일 수 있는 인피면구를 만들 수 있는 자는 만보신면밖에 없다고 그리 말씀하셨으니까요."

혁련휘는 모르지만 비설은 그에 대해 잘 알고 있다.

애초에 마교에 들어올 작전에서 인피면구를 생각했다는 것 자체가 그만큼 그의 능력을 북천회가 알았기 때문이다.

북천회의 오랜 숙원에 가장 중요한 첫걸음이 바로 비설을 학관에 넣는 일이었다. 그 이후에 이어지는 마교의 잠입까지.

그 일련의 모든 것들을 가능하게 할 인피면구.

마교 교주를 속일 수 없다면 애초에 인피면구라는 위험부담을 안지도 않았을 북천회다. 그들이 그런 선택을 했다는 것 자체가 바로 만보신면의 인피면구는 마교의 교주조차 알아차리지 못한다는 확신이 있어서였다.

물론 그 계획은 만보신면의 실종과 함께 수포로 돌아갔지만 말이다.

비설의 말을 들은 혁련휘는 곰곰이 생각에 잠겼다.

사실 비설의 말대로 그 만보신면이라는 자가 그토록 정밀한 인피면구를 만들 수 있는 자라면 분명 가능한 일 중 하나였다.

오히려 역용술이나, 정말 똑같은 얼굴로 태어난 자라는 말도 안 되는 가설보다는 확률적으로 더 가능성 있는 이야기이기도 했다.

'교주조차도 분간할 수 없는 인피면구라…….'

그 정도로 정밀한 물건이 있을 거라 생각해 본 적은 없지만, 혁련휘는 비설의 말을 결코 가벼이 듣지 않았다.

적어도 그녀가 정파를 위한 비밀 임무를 지닌 채 움직이고 있음을 잘 알았으니까.

비설의 뒤에 있는 그들의 존재가 결코 작지 않음을 혁련휘도 잘 알고 있었다.

그런 그들이 계획한 일부. 결코 가능성 없는 이야기는 아닐 거라는 생각이 들었다.

인피면구는 사람이나 동물의 피부 가죽으로 만든 가면이다. 그랬기에 일반적으로 얼굴에 덮어쓰는 경우가 대다수다.

혁련휘가 물었다.

"그 인피면구 손으로 뜯어내도 돼?"

"끄응. 어릴 때 들었던 기억에는…… 힘으로 뜯어내는 간단한 방법으론 불가능할 거라 하셨어요. 아마 얼굴 가죽째로 뜯겨져 나갈 걸요."

"……아무래도 그렇겠지."

인피면구를 쓴 자로 소교주 행세를 하게 할 거라면 그토록 쉬운 방법으로 제거할 수 있는 물건을 씌우지는 않았을 터.

아마도 특별한 방법으로만 그 인피면구를 벗길 수 있으리라.

비설의 이야기를 듣게 되자 그 만보신면이라는 자의 인피면구가 아닐까 하는 강력한 의심이 들긴 했지만 그걸 알아낼 방도는 없었다.

확실한 방법도 없이 그저 힘으로 뭔가를 해 보려 한다는 건 오히려 혁련휘의 반대편에 있는 그들이 원하는 바일지도 모른다.

마교의 정통 후계자인 소교주를 질시하여 죽이려 한다는 오명을 뒤집어씌우려 할 게 자명한 노릇.

고민에 빠져 있는 혁련휘를 가만히 바라보던 비설이 이내 결심한 듯 조심스레 말을 꺼냈다.

"저기…… 형님."

"응?"

"제가 한번 알아볼게요."

"알아보다니?"

"그게 진짜 인피면구가 맞는지 확인하는 방법이나, 혹여 맞다면 그걸 벗길 방법이 있는지 제가 한번 알아볼게요."

"그게 가능하겠어?"

"쉽진 않겠죠. 그래도…… 한번 해 볼게요. 그 방법을 알지도 모르는 사람을 이번에 뵐 것 같거든요."

담담하니 말을 하는 비설을 바라보며 혁련휘의 표정이 한결 풀어졌다. 그렇지만 이내 혁련휘가 걱정스러운 말투로 물었다.

"그런데 혹시 네가 곤란해지는 일 아니야?"

신중한 표정을 짓고 있는 비설의 낌새를 느낀 혁련휘가 물었고, 이내 그 사실을 눈치챈 비설이 아무렇지 않다는 듯 평소처럼 웃음을 흘렸다.

"곤란하긴요. 제가 힘이 될 수 있다면 당연히 도와 드려야죠."

사실 곤란했다.

곤란해도 많이 곤란했다.

다른 것도 아닌 마교 최고 수뇌부들의 일에 자신이 개입하여 가짜 소교주의 정체를 밝혀내려 하고 있었으니까.

가만히 둬서 싸움이 커질 수 있다면 그거야말로 북천회가 바라는 바.

그런 북천회의 입장상 그걸 방관하지는 못할망정 왜 굳이 나서서 그 일을 해결하느냐는 이야기가 나올 것이 분명했지만…….

모른 척할 순 없었다. 다른 사람도 아닌 바로 혁련휘의 일이었으니까.

'아무도 모르게 진행하면 괜찮아. 형님도 삼천기 회수를

도와주고 계시는데 나도 이 정도는 갚아야지.'

들키지만 않는다면 큰 문제는 없을 거라 스스로에게 말하며 비설이 이내 도리어 혁련휘를 향해 걱정 말라는 듯이 입을 열었다.

"걱정 마세요, 형님. 형님 일이…… 제 일이니까요."

그 말과 함께 비설이 아무렇지 않다는 듯 웃어 보였다.

* * *

무극전(武極殿).

마교의 수많은 무공서들이 모여 있는 장소로, 무극전은 그중에서도 가장 고귀한 이들만이 드나들 수 있는 장소다.

수만 권에 달하는 무공서가 있어서 그 규모만 해도 방대한 무극전에 발을 들일 수 있는 이는 마교 내에서도 채 오십이 되지 못했다.

이곳을 드나든다는 것만으로도 마교의 실질적인 지배층이라 봐도 좋을 정도였다.

그리고 그런 곳에 한 젊은 사내가 모습을 드러냈다.

밤을 꼴딱 새웠는지 눈 아래가 거뭇거뭇해져 있고 피곤한 기색이 역력한 그자는 다름 아닌 주자악이었다.

주자악은 눈을 비비며 집중하던 서책을 이내 바닥에 내

던졌다.

"젠장!"

수많은 마교의 무공들이 집결해 있는 무극전이지만 그곳에서 주자악은 자신의 마음을 확 잡아채는 무공을 발견하지 못했다.

수많은 중요한 무공서들을 보관하는 곳이니만큼 햇빛이 들지 못하게 검은 천으로 완벽하게 창을 가려 둔 탓에 무극전 내부는 무척이나 컴컴했다.

그곳에 홀로 선 채로 주자악은 두 손으로 자신의 얼굴을 감쌌다.

이곳 무극전에 들어온 지 며칠이 지났는지도 모르겠다.

그저 보다 빠르게 강해질 무공을 찾기 위해 구석구석을 뒤지며 몇 날 며칠을 밤을 새웠거늘 뭔가 얻은 건 아무런 것도 없다.

그가 바닥에 아무렇지도 않게 널브러져 있는 무공서들을 노려봤다.

'이따위 것들로 어찌 그를 따라잡을 수 있단 말인가.'

주자악이 말하는 그는 다름 아닌 혁련휘였다.

호랑이가 되고자 마교로 돌아왔다. 그렇지만 주자악은 이곳에 있으면서 자신과 혁련휘의 차이를 점점 실감할 수밖에 없었다.

대공자와 혈뢰주가의 둘째 아들이라는 차이뿐만이 아니다.

그가 빠른 속도로 마교를 휘어잡는 걸 보고 있자니 주자악은 왠지 모르게 뒤처진다는 생각에 점점 조급해져만 갔다.

혁련휘가 마교를 휘어잡는 꼴을 주자악은 보고 싶지 않았다.

당장의 마음도, 그리고 훗날 마교 교주 자리에 오르고자 하는 욕망을 이루기 위해서도 말이다.

마음이 조급해진 주자악은 당장에 눈앞에 위치한 무공서 하나를 꺼내어 들었다.

그리고 그것을 읽어 내려가던 주자악이 결국 짜증을 터트렸다.

"이런 쓰레기 같은 건 왜 여기에 있는 거야!"

그가 무공서를 바닥으로 내팽개치더니 이내 자신의 앞쪽 칸에 올려져 있는 서책들을 쓸어내리듯 손으로 밀쳐 냈다.

수십 권의 서책을 바닥으로 떨어트린 그가 거칠게 숨을 몰아쉬었다.

그리고 그걸로도 성이 풀리지 않는지 바닥에 떨어져 있는 무공서들을 발로 짓밟으려 하는 바로 그때였다.

"진정하시죠. 그러다가 그 무공서가 찢어지면 제아무리

도련님이라 해도 그냥 넘어가지 못할 테니까요."

뒤편에서 들려온 목소리에 주자악이 깜짝 놀라 고개를 돌렸다.

자신에게서부터 대략 열 걸음 정도의 거리.

그곳에는 언제부터 자리했을지 모를 익숙한 한 사내가 자리하고 있었다.

긴 머리카락으로 얼굴을 가린 사내, 신도율이 말이다.

자신의 가문의 수족인 신도율을 본 주자악이 잠시 숨을 골랐다.

사실 다른 자였다면 당장에 걸터앉아 있는 자리에서 끌어내려 두드려 팼겠지만…… 상대는 신도율. 아버지가 아끼고, 다른 칠대천들마저도 탐낼 정도의 재능을 지닌 인물이다.

그런 그와 척을 진다는 건 훗날 형을 넘어서서 혈뢰주가의 주인이 되고 싶은 주자악으로서도 떨떠름한 일이었다.

평소였다면 금방 웃는 얼굴로 신도율을 맞았을 테지만 며칠이나 밤을 새우면서 신경이 예민해진 탓에 날카로워진 말투로 주자악이 말했다.

"언제부터 거기 있었던 거지?"

"한 일각 정도요."

"왔으면 말을 하지 왜 그렇게 뒤에서 도둑고양이처럼 숨어서 보고 있는데?"

"하하. 서책에 그리 열중하시는데 제가 방해를 할 순 없지요."

"쯧."

여유롭게 빠져나가는 그의 화법에 주자악이 짜증이 난다는 표정으로 가볍게 혀를 찼다.

자신이 화를 내고 서책을 마구 던져 대던 꼴을 아랫사람인 그에게 보였다는 사실이 무척이나 불쾌하기 그지없었다.

그랬기에 주자악이 신도율을 향해 경고하듯 말했다.

"앞으로는 나타나면 바로바로 말해. 난 누가 몰래 숨어서 쳐다보는 거 질색하거든."

"새겨듣지요, 둘째 도련님."

도련님이라는 말에 둘째라는 수식어가 붙자 주자악은 갑작스레 짜증이 확 치밀었다.

마치 자신이 둘째라는 걸 강조하는 듯한 신도율의 말투 때문이다.

그런 신도율의 행동을 애써 참아 내던 주자악이 퍼뜩 뭔가가 생각난 듯이 물었다.

"잠깐. 그런데 네가 여긴 어떻게 들어온 거야?"

무극전은 아무나 드나들 수 있는 곳이 아니었기에 주자

악이 의문스럽다는 듯 물었다. 그러자 신도율이 아무렇지 않게 대꾸했다.

"당연히 가주님이 허가를 해 주셨으니 들어왔지요."

"아버님이?"

대답을 하는 주자악이 놀란 표정을 지어 보였다.

칠대천의 가주에겐 이곳 무극전과 관련해 하나의 권한이 있다.

직계 피붙이가 아닌 이들 중 한 명을 이곳에 드나들 수 있게 할 수 있는 권한이다.

일반적으로 직계는 아니더라도 가까운 친인척이 드나들게 하는 경우가 대부분이거늘…….

가주인 주석인은 그 모두를 제쳐 두고 신도율에게 이곳 무극전의 출입을 허했다는 말이 된다. 그리고 그 말은 곧 그만큼 신도율이라는 존재가 주석인에게 중요한 인물이라는 걸 뜻하기도 했다.

떨떠름한 표정으로 서 있는 주자악에게 신도율이 말을 걸어왔다.

"무극전이라는 이름과 다르게 별반 볼 게 없지요? 사실 저도 처음엔 기대를 하고 찾아봤는데 별로 대단한 건 없더군요. 대부분의 무공이 있다고는 하지만 진짜 제대로 된 것들을 남에게 가르쳐 주지 않으려 하니 아무래도 빈껍데기

뿐이지 않습니까."

"……날 조롱이라도 하려는 게냐?"

주자악이 눈에 힘을 준 채로 신도율에게 말했다.

그가 빈껍데기라 말하는 이곳 무극전에서 몇 날 며칠을 보낸 자신이 아니던가. 상황상 그런 자신을 놀리는 것처럼 들렸던 것이다.

그런 주자악의 말에 입꼬리를 올려 가볍게 웃던 신도율이 자리에서 일어났다.

가볍게 탁자 아래로 발을 내디딘 그가 갑자기 성큼 어딘가로 걸어갔다.

대답조차 하지 않는 신도율을 향해 주자악이 재차 말을 꺼냈다.

"네놈이 내 말을 무시하고……"

"흐음, 어디 있더라. 아, 여기 있네."

말을 자르며 혼자 중얼거리던 신도율이 서책들 사이에 구겨지듯 박혀 있는 뭔가를 하나 꺼내어 들었다. 그가 꺼내든 건 새카만 표지로 감싸여져 있었고, 겉면에는 아무런 글자조차 적혀 있지 않았다.

신도율이 입을 열었다.

"받으시죠."

말과 함께 그가 가볍게 휙 던진 서책을 주자악이 손으로 받아 챘다.

갑작스러운 신도율의 행동에 주자악이 이해가 안 간다는 표정으로 물었다.

"이건 뭐야?"

"이 쓰레기 더미 속에서 그나마 제가 건진 거라고 해 두죠."

알 수 없는 말에 주자악은 자신의 손에 들린 서책으로 시선을 돌렸다. 그러고는 신도율이 전해 준 그 무공서를 이내 말없이 펼쳐 들었다.

무덤덤하니 무공서를 읽어 내려가던 주자악의 표정이 점점 경악스럽게 돌변했다.

"이, 이게…… 가능해?"

놀란 표정으로 고개를 돌린 주자악이 신도율을 바라봤고, 그는 그저 가볍게 어깨를 으쓱해 보이며 말을 받았다.

"하나 말씀드리자면 그 무공의 주인은 귀령공(鬼靈公)이라는 겁니다."

"귀령공의 무공이라고?"

놀란 듯 되묻는 주자악의 시선이 이내 손에 들린 무공서로 향했다.

그의 경악스러웠던 표정이 탐욕으로 변해 가고 있었다.

귀령공.

몇 세대 전의 고수지만 그 위명만큼은 아직도 쟁쟁한 인물이다.

그가 유명한 이유 중 하나는 적수를 찾기 어려울 정도로 강했기 때문만이 아니다.

귀령공의 무공은 독특했다.

그리고 어느 날 하늘에서 뚝 떨어진 게 아닌가 하는 착각을 불러일으킬 정도로 빠른 성취 또한 자랑했다.

귀령공이라고 불렸던 그가 스스로 떠들어 댔던 말이었기에 강호에도 잘 알려져 있는 사실이다.

그런 귀령공의 무공이 주자악의 손에 들려 있었다.

주자악이 고개를 돌려 신도율을 바라봤다. 분명 귀령공의 무공은 탐날 만한 물건이다.

그렇지만…….

"이걸 나에게 주는 저의가 뭐지?"

주자악이 신도율을 향해 물었다.

세상에 그냥 호의가 있을 리가 없지 않은가. 그렇지만 그런 주자악의 질문에 신도율이 아무렇지 않게 말을 받았다.

"마교로 돌아오셨던 그 날 제게 호랑이가 되고 싶다 하지 않으셨습니까. 어차피 제게는 쓸모없는 무공, 도련님께 드렸을 뿐입니다."

"정말 그뿐이라고?"

"뭐…… 당장엔요."

"당장엔?"

의문스러운 말에 주자악이 되물었고, 그런 그를 향해 신도율이 씨익 웃으며 말했다.

"모르는 일 아닙니까. 다음 가주의 자리에 첫째 도련님이 앉으실지, 아니면 둘째 도련님이 앉으실지는요."

신도율의 그 말에 주자악이 눈을 빛냈다.

그가 하고자 하는 말의 의미를 단번에 알았기 때문이다.

"한마디로 양쪽에 모두 발을 담아 두겠다 이건가?"

"왜요? 싫으십니까?"

"아니, 그럴 리가 없지 않느냐."

주자악이 씨익 웃었다.

야망이 있는 자다.

그랬기에 마음에 든다. 그리고 자신 또한 가주의 후보 중 하나로 여기는 것 또한.

다른 이들이 모두 형만 바라보는 것과는 대조적인 신도율의 행동에 주자악은 그를 점점 가지고 싶어졌다.

만족스러운 표정을 지어 보이는 주자악의 얼굴을 확인하고서야 신도율이 입을 열었다.

"그럼 전 이만 가 보지요. 아 참, 가시기 전에 그래도 이렇게 바닥으로 내팽개치신 무공서들은 모두 정리해 두시는 게 좋을 겁니다. 그렇지 않으시면 아마 가주님께서도 크게 노하실 테니까요."

"그러지."

말과 함께 주자악은 신도율에게서 건네받은 귀령공의 무공이 적혀 있는 서책을 품에 넣었다. 주자악이 서책을 챙기는 것을 확인한 신도율이 몸을 돌렸다.

그리고 몸을 돌리는 것과 동시에 신도율의 입가에 걸려 있던 미소가 거짓말처럼 사라졌다.

*　　*　　*

늦은 저녁 비설과 함께 혁련휘는 어딘가로 움직이고 있었다.

두 사람의 목적지는 마교의 외성을 지나 더욱 바깥쪽에 있는 외딴 장소였다.

혁련휘와 함께 걷던 비설이 말을 걸어왔다.

"굳이 형님께서 안 따라와 주셔도 되는데……."

비설은 지금 북천회의 연락을 받고 움직이고 있었다.

자리를 잠시 비워야 했기에 혁련휘에게 말했고, 그는 우치가 비설을 노릴지도 모른다며 따라나선 것이다.

비설은 극구 괜찮다 했지만 혁련휘의 고집은 쉬이 꺾이

지 않았다.

그렇게 결국 근처까지 동행하겠다며 혁련휘가 그녀와 함께 이곳까지 온 것이다.

조심스레 말하는 비설을 향해 혁련휘가 퉁명스레 말했다.

"그래서 나랑 같이 여기까지 온 게 싫어?"

"아뇨, 당연히 좋죠. 그냥 형님이 번거로우실까 봐 그러죠."

비설이 씩 웃으며 말했다.

자신들의 거처와 제법 떨어진 장소, 그런 곳에 가는 내내 옆을 지켜 주는 혁련휘라는 존재가 어찌 좋지 않으랴.

더군다나 그 이유가 자신을 걱정하기 때문이니 더더욱 말이다.

다만 다른 것도 아닌 북천회에 속한 이와의 만남이고, 이런 늦은 밤 혁련휘에게도 폐를 끼친다는 생각이 들었다.

그런 비설의 말에 혁련휘가 고개를 저었다.

"전혀 안 귀찮아."

비설이 위험할까 봐 송백산장까지 달렸던 혁련휘다. 그런 그가 겨우 이 정도 쫓는 걸로 귀찮을 리가 없었다. 그녀의 옆을 지키며 혁련휘는 계속해서 걸음을 옮겼다.

비설은 혁련휘와 함께 걸으며 연신 그의 옆모습을 훔쳐

봤다.

말수가 적은 혁련휘다. 그런 그와 별다른 대화를 나누는 것도 아니다. 그저 말없이 함께 걷고 있는 지금, 그것만으로도 비설은 자신이 행복하다는 걸 느끼고 있었다.

그렇게 나란히 걸으며 목적지로 향해 가던 비설이 이내 발걸음을 멈췄다.

“형님.”

“왜? 벌써 다 온 거야?”

“아뇨. 아직 좀 남긴 했지만 여기서부터는 저 혼자 갈게요.”

“……그래?”

혹시 모를 걱정에 더 쫓아가고 싶은 게 솔직한 혁련휘의 심정이다.

그렇지만 혁련휘 또한 알고 있다. 완전히 다른 두 사람의 입장을 말이다.

자신이 비설과 함께 그녀가 속한 이들을 만나러 갈 순 없는 노릇이다.

그렇기에 비설 스스로가 적당한 거리라 여겼던 이곳까지만 동행을 허락한 것이고, 혁련휘 또한 그런 그녀의 생각을 존중했다.

혁련휘가 인근에 있는 나무를 가리키며 말했다.

"그럼 난 저 아래에서 기다리고 있지."

"네, 형님. 그러면 저도 빨리 일 마무리 짓고 돌아오도록 할게요."

말을 마친 비설이 씩씩한 얼굴로 돌아섰다.

계속해서 자신을 바라보고 있는 혁련휘의 시선을 느끼며 비설은 약속된 장소를 향해 움직였다.

그리고 이내 혁련휘의 시선이 느껴지지 않을 정도로 거리가 떨어지고 나서야 비설은 경공을 펼치기 시작했다.

훽훽.

빠르게 날아가듯 움직이며 비설은 목적지로 움직였다.

그렇게 사전에 약속된 장소에 도착하기 직전.

달려가던 비설은 자연스레 수십 개의 움직임을 읽었다.

파라락!

갑자기 사방에서 수십 개의 검이 그녀를 향해 날아들었다.

숨어 있던 복면을 쓴 괴한들이 비설을 막아서기 위한 듯 동시에 검을 흔들고 나선 것이다.

그렇지만 비설은 침착했다.

날아드는 수십 개의 검, 그렇지만 그 검을 막아 내는 건 단 한 번이면 충분했다.

그녀의 검이 재빠르게 움직였다.

파앗!

날아드는 검들을 일격에 밀어낸 것과 동시에 비설의 몸에서도 강한 힘이 뿜어져 나갔다. 달려들었던 수십 명의 무인들이 파도에 휩쓸린 것처럼 자연스레 뒤로 밀려 나갔다.

그렇게 비설이 땅으로 가볍게 착지했고, 그런 그녀의 주변으로 수십 명이 둘러싼 채로 경계하고 있는 바로 그때였다.

"그만."

노인의 목소리가 들려왔고, 그와 동시에 비설을 에워싸고 있던 복면인들이 곧바로 검을 거두며 길을 텄다.

복면인들 사이를 비집고 나온 건 한 명의 노인이었다.

깨끗한 인상에 간편해 보이는 복장을 한 그 노인은 만면에 미소를 머금은 채로 비설을 마주했다. 재밌는 건 그런 복장에 어울리지 않는 술이 담긴 호리병 하나가 허리에 달려 있다는 것이었다.

그 호리병을 본 비설 또한 픽 웃으며 노인을 향해 입을 열었다.

"제가 말했죠? 술 좀 그만 드시라고."

"만나자마자 잔소리더냐."

듣기 싫다는 말과는 다르게 웃기만 하는 노인을 바라보며 비설이 친근하게 말을 걸었다.

"오랜만에 봬요, 사부."

3장. 사부

— 변명하지 않아도 된단다

모습을 드러낸 노인.

그 노인의 정체는 다름 아닌 비설의 사부인 도재하(禱材霞)라는 자였다.

예전 그는 무당의 무인이었지만 정사대전을 끝으로 모든 정파가 쇠락의 길을 걷자 비밀 집단인 북천회에 몸담은 인물이다.

지금 북천회를 이끄는 회주의 최종 후보에까지 올랐을 정도로 인망이 두텁고 실력 또한 지닌 자. 그렇지만 도재하는 현 회주에게 자리를 양보하고 자신은 후학을 양성하겠다며 물러섰다.

북천회 내부에 있는 많은 이들이 말한다.

만약 당시에 도재하가 먼저 거절의 의사를 표하지 않았다면 지금의 회주는 그가 되어 있을 거라고.

비설에게는 수많은 스승들이 있었다.

구파일방과 오대세가를 비롯한 정파의 수많은 무공들을 한 명에게 배웠을 리가 없다.

각자의 뛰어난 부분을 배운 비설은 수십 명이 넘는 스승을 모시고 있다. 그런 그녀는 그 모두를 스승이라 불렀다.

허나 그런 비설이 유일하게 사부라 부르는 자, 그것이 바로 도재하였다.

비설에게 가장 많은 것을 가르치기도 했지만 어릴 때부터 함께 산에서 지낸 것 또한 그였기 때문이다.

부모님에 대한 기억이 없는 비설에겐 단 하나뿐인 가족과 다름없는 사람이기도 했다.

오랜만에 만난 사부가 반가웠는지 비설의 얼굴엔 웃음이 가득했다.

"혹시 사부님이 오시는 게 아닐까 생각했는데 제 생각이 맞았네요."

"녀석, 이 늙은 사부를 이리 먼 곳까지 오게 만들다니."

탓하는 듯이 말하고 있지만 속내까지 그럴 리가 없다. 비설과 마찬가지로 도재하 또한 그녀를 만났다는 사실이 무척이나 반가워 보였으니까.

도재하가 오랜만에 만난 제자를 바라보다 이내 걱정스레 말했다.

"그나저나 요새 밥은 잘 먹고 다니는 게냐? 얼굴이 아예 반쪽이 된 것 같은데."

"반쪽은요. 너무 많이 먹는다고 구박받는데요."

"구박? 감히 어떤 놈이……."

괜스레 노한 듯이 구는 도재하의 모습에 비설이 됐다는 듯 손사래를 쳤다. 그리고 그런 비설을 보며 인자하니 웃고 있던 도재하의 표정이 슬며시 진지하게 변했다.

그가 복면을 쓴 채 주변을 지키고 있는 수십 명의 수하들에게 말했다.

"물러들 서거라."

밖으로 새어 나가면 안 될 중대한 이야기를 주고받아야 했기에 도재하는 명령을 내렸고, 곧바로 그들은 눈으로 보이지 않을 정도의 거리까지 멀어졌다.

침묵한 채로 그들의 움직임을 주시하던 도재하가 마침내 이야기를 시작해도 된다 여겼는지 입을 열었다.

"이야기는 들었다. 어디 다친 데는 없느냐?"

"네, 다행히도요."

도재하가 이곳까지 온 이유는 역시나 송백산장의 일 때

문이었다.

비설은 임무를 수행하기 위해 그곳에 갔다가 도리어 그들이 펼쳐 놓은 함정에 빠졌다.

극비 임무가 바깥으로 새어 나갔다는 사실을 북천회에 보고했고, 이내 그들에게서 사람을 보내겠다는 말을 들었었다.

북천회라는 단체를 뒤흔들 정도로 충격적인 사건.

당연히 여태까지와는 비교도 안 될 신분의 인물이 올 거라는 걸 비설은 알고 있었고, 그게 자신과 깊은 인연이 있는 도재하일 확률이 가장 높을 거라 예상했던 그녀다.

도재하가 물었다.

"대충 상황은 전해 들었다만, 자세히 당시의 일을 이야기해 보려무나."

도재하의 말에 비설은 당시 송백산장에서 겪었던 것들에 대해 말해 줬다.

임무를 완수하기 위해 그곳에 갔고, 그곳에서 마교의 철혈전마대와 조우했던 일도.

가만히 이야기를 듣고만 있던 도재하는 그녀가 앞이 보이지 않는 상황에 처했다는 말을 들었을 땐 안타깝다는 듯이 탄식을 내뱉기까지 했다.

모든 이야기를 들은 도재하가 고개를 끄덕거리며 말했

다.

"그래도 대단하구나. 눈이 보이지 않는 상황에서도 석리환을 제거하라는 임무를 완수하다니……."

"그죠? 저도 제 실력에 깜짝 놀랐다니까요."

걱정스럽게 말하는 도재하를 보며 비설은 괜스레 호기를 부렸다. 그에게 걱정을 끼치고 싶지 않았던 탓이다.

그리고 그녀의 마음을 잘 아는 도재하 또한 그런 비설의 말을 장난스럽게 받았다.

"허허, 네 칭찬이 아니라 그런 널 가르친 나에 대해 스스로 감탄하고 있는 중이었다."

속내를 감추고 다른 말을 함에도 불구하고 둘은 서로의 마음을 너무나 잘 알고 있었다. 십수 년을 함께 해 오며 혈육과도 같은 정을 나눈 둘이었기에 가능한 일이기도 했다.

비설과 대화를 주고받았던 도재하는 이내 자신의 턱을 어루만지며 잠시 생각에 잠겼다.

비설에게 보고를 받은 것만으로도 북천회 내부에서 뭔가 문제가 생겼다 여겼다. 그리고 이내 비설에게 만나 앞뒤 정황을 자세히 듣자 그 의심은 확신으로 변했다.

"네 말을 들으니…… 우연히 일어난 일이 아님은 확실하구나."

이 일은 단순히 내부에 간자가 있다는 정도로 끝날 문제가 아니었다. 다른 곳이라면 모를까 자신들은 북천회다.

북천회는 전혀 알려지지 않은 비밀 단체로 정파의 재건이라는 막중한 목표를 가지고 나아가는 이들이다. 그런 자신들 내부에 간자가 있다니…….

이것이 알려지는 것만으로도 적지 않은 혼란이 일게 될 건 자명한 노릇.

도재하가 비설을 향해 말했다.

"이 일은 내가 철저히 알아보도록 하마. 그러니 이번 일의 배후가 밝혀질 때까지 너 또한 몸을 조심해야 한다."

도재하는 비설이 걱정이었다.

그녀가 있는 곳이 어디인가?

다른 곳도 아닌 마교다.

그런 지금 내부에 간자가 있다는 것만으로도 비설은 위험해 질 수 있는 상황이다. 그 간자가 원하는 것이 무엇이냐에 따라 비설의 정체에 대해 노출할 수도 있는 탓이다.

다행히 아직까진 그런 움직임은 보이지 않았지만 그렇다 해서 방심은 금물이다.

이번 일과 관련된 이들이 노리던 것이 무엇인지 명확히 알지 못하는 상황에서 말이다.

몸조심하라는 말에 고개를 끄덕이던 비설이 슬그머니 입을 열었다.

"저…… 사부. 하나 묻고 싶은 게 있는데요."

"무엇이냐?"

"혹시 만보신면에 대한 소식 들으신 거 없으세요?"

"만보신면? 인피면구를 만들던 그자 말이냐?"

"네, 혹시 뭔가 알아내신 게 없나 해서요."

"글쎄. 그자를 찾았던 것이 워낙 오래된 일인지라 지금쯤이면 죽었다고 봐야 하지 않겠느냐."

만보신면을 찾기 위해 북천회는 자신들이 지닌 정보력을 총동원했다. 그럼에도 불구하고 그를 찾지 못했고, 비설은 인피면구가 아닌 남장을 한 채로 학관에 들어가야만 했다.

이렇게 오랜 시간을 찾았음에도 불구하고 딱히 뭔가를 찾지 못했으니 죽었다고 생각하는 게 맞다 여긴 것이다.

그런 도재하의 말에 비설이 대답했다.

"잘은 모르겠지만 죽지 않았을 확률도 있는 것 같아서요. 혹시 모르니 북천회에 돌아가시면 그에 대해 뭔가 보고되지 않았던 정보가 있는지 확인해 주실 수 있으세요?"

"그리 어려운 일은 아니다만."

대답을 하며 도재하가 지그시 비설을 바라봤다.

예전이라면 모를까 이미 완벽히 마교에까지 들어간 지금 만보신면을 찾는 연유를 알 수가 없다.

도재하가 물었다.

"그런데 네가 그자는 왜 찾는 게냐?"

"아, 그게 조금 알아야 할 게 있어서요. 별일은 아니니까 사부님은……"

"대공자 때문이냐."

갑자기 내뱉은 도재하의 말에 비설은 당황한 듯 입을 닫았다.

아니라고 말을 하면 그만이다. 그렇지만 비설은 차마 거짓말을 하지 못했다.

다른 이도 아닌 도재하였으니까.

그런 비설의 모습에 도재하는 대답을 들은 것과 다름없었다.

"맞구나."

"저 그게 설명하기 조금 복잡하긴 한데 형님에게 갑자기 말도 안 되는 일이 생기셨는데 제가 그냥 보고 있기가……."

"설아."

황급히 말을 늘어놓던 와중 비설의 말을 자르며 도재하가 그녀의 이름을 불렀다. 비설이 그런 도재하의 부름에 나지막이 대답했다.

"……예, 사부님."

긴장한 듯 말을 내뱉는 비설에게 다가온 도재하가 양손

으로 그녀의 어깨를 감싸 쥐었다. 그러고는 가볍게 고개를 저으며 말을 이어 나갔다.

"난 너를 믿는다. 그러니 변명 따위 하지 않아도 된단다. 네가 필요하니 내게 묻는 것이겠지. 난 그리 생각한다."

따뜻한 도재하의 말투에 비설은 입술을 깨물었다.

차라리 강하게 뭐라 나무랐다면 한결 더 마음이 편했을지도 모르겠다.

그렇지만 오히려 그는 자신을 믿는다며 말하고 있었다.

도재하가 걱정 말라는 듯이 말했다.

"돌아가는 대로 알아보고 연락 주마."

"감사합니다, 사부님."

"됐다, 우리 사이에 무슨."

피식 웃은 그가 몸을 돌렸다.

오랜만에 만난 제자와 더 많은 이야기를 나누고 싶었지만 아쉽게도 그런 상황이 아니었다. 자신도, 그리고 비설도.

그렇게 돌아서서 걸어가려는 도재하를 비설이 다급하게 불렀다.

"사부님!"

"왜 부르느냐?"

몸을 돌려 물어 오는 도재하를 바라보며 비설이 애써 웃어 보였다.

“술…… 적당히 드시라고요. 이제 나이 생각도 하셔야죠.”

“잔소리는.”

잔소리라 말하고는 있지만 기분이 나쁘지 않다는 듯 도재하는 가볍게 미소를 지은 채 그대로 몸을 돌려 걸음을 옮겼다.

그가 멀어져 갔고, 이내 그런 도재하의 뒤편으로 거리를 벌리고 있던 복면인들이 빠르게 따라붙었다.

오랜만에 만난 사부의 뒷모습을 한참 동안 바라보던 비설은 긴 시간이 지나고서야 몸을 돌렸다. 그리고 그녀는 자신을 기다리고 있을 혁련휘를 향해 움직이기 시작했다.

생각보다 오랜 시간을 지체했다 생각했는지 비설은 혁련휘가 기다리고 있겠다고 했던 장소로 경공을 펼쳐 재빠르게 달려갔다.

그리고 혁련휘는 자신이 말했던 장소에 서서 비설을 기다리고 있었다.

빠르게 달려간 비설의 몸이 혁련휘의 앞에 귀신처럼 나타났다.

하늘에서 뚝 떨어진 것처럼 갑작스러운 등장에 웬만한 사람이라면 깜짝 놀랐겠지만 당사자인 혁련휘는 별반 동요가 없었다.

그가 물었다.

"용무는 끝났어?"

"네, 어쩌다 보니 좀 늦었는데 기다리느라 지루하셨죠?"

"아니, 좀 늦어서 걱정은 했지만 지루하진 않았어."

무덤덤하니 말하는 혁련휘의 모습에 비설은 예전 그를 떠올리며 자신도 모르게 웃음을 흘렸다.

처음 혁련휘는 비설을 귀찮아하기만 했다.

그러던 그가 이제는 자신을 걱정해 주고 있다는 사실이 신기하면서도 기뻤다.

갑작스레 웃는 비설의 행동에 혁련휘가 왜 그러냐는 듯한 표정을 지어 보였다.

딱히 할 만한 대답이 떠오르지 않은 비설이 다급히 화제를 돌렸다.

"아, 오늘 사부님을 만났어요."

"사부? 전에 말하던 그 술 좋아한다던 사부를 만난 건가?"

"네, 여전히 허리에 술병을 달고 계시더라고요."

어처구니가 없다는 듯 말을 하던 비설이 이내 그와 했던 대화를 혁련휘에게 말했다.

"그리고 사부님에게 물어봤어요. 만보신면의 정보에 대

해 혹시 알고 있는 게 있으시냐고요."

"뭐 알아낸 거라도 있어?"

"아쉽게도 아직은요. 그래도 혹시 예전에 알아봤던 만보 신면에 대한 정보가 있다면 전해 주시기로 했으니 우선은 기다려 보려고요."

비설의 말에 혁련휘는 고개를 끄덕였다.

그녀와 별개로 혁련휘 또한 비파월을 통해 그에 대한 정보를 의뢰했다. 물론 워낙 실종된 지 오래된 자이고, 단서도 없다 보니 확률이 그리 높지는 않겠지만 말이다.

혁련휘는 아무런 말도 하지 않았다.

그렇지만 그의 심기는 무척이나 복잡해 보였다.

혁련휘의 생각을 읽은 비설이 그런 그에게 힘내라는 듯이 말했다.

"형님, 너무 걱정하지 마세요. 오히려 전 그들이 자충수를 둔 거라 생각해요."

"자충수?"

"네, 얼마나 위급하면 이처럼 위험을 감수해야 할 일을 벌였겠어요. 분명 어느 정도 들키지 않을 확신이 있어서 벌인 비장의 한 수였겠지만 만약 저희가 이번 계책만 받아 낸다면…… 당하는 건 그들일걸요."

자충수란 그런 것이다.

스스로를 위기로 내모는 수. 그것만이 지금 이 상황을 타개할 완벽한 방법이라 여겼기에 벌인 행동일 게다.

그리고 비설의 말대로 그 자충수가 드러나는 그 순간 칠대천은 크게 흔들릴 수밖에 없다.

가짜 소교주를 내세워 마교를 장악하려 한 건 엄연히 반역에 가까운 중죄이기 때문이다.

비설이 웃는 얼굴로 말했다.

"그러니까요, 형님. 어떻게든 이번 일을 해결하고 이런 짓을 벌인 그놈들에게 한 방 먹여 주자고요."

주먹을 쥔 채로 씩씩하게 말하는 비설을 혁련휘가 말없이 응시했다.

그녀의 자그마하지만 힘 있게 쥐어진 주먹을 바라보던 혁련휘가 이내 찌푸렸던 표정을 풀며 고개를 끄덕였다.

참으로 신기한 여인이다.

언제든 힘이 되어 주는 그런 사람. 처음엔 바보 같다 생각했지만 이제는 아니다.

항상 웃고, 용기를 북돋워 주는 것.

그것이 바로 이 여인의 힘이다.

이 여인과 마주하고 있다는 것, 그것만으로도 이상할 정도로 힘이 난다.

혁련휘 또한 주먹을 움켜쥔 채로 그녀의 손등에 자신의

손등을 가볍게 툭 부딪쳤다.

그러곤 평소의 모습으로 혁련휘가 그녀의 말을 받았다.

"……그래, 그러자."

* * *

가짜 소교주가 마교에 모습을 드러낸 지 대략 열흘 정도의 시간이 흘렀다.

그 기간 동안 혁련휘 쪽은 그들의 움직임을 예의 주시했다.

그렇지만 그들은 자신들의 거처에 숨은 채로 전혀 아무런 행동도 취하지 않고 있었다.

당장에 무슨 일을 벌일 것처럼 굴었던 당시의 만남과는 전혀 다른 행보다.

환야가 중얼거렸다.

"그래도 아직은 생각보다 잠잠하군요."

"헛디디면 절벽으로 떨어지는 게 자신들일 테니 신중할 수밖에 없겠지."

혁련휘가 담담하니 대답했다.

며칠 전 비설의 말을 들은 이후 혁련휘는 한결 침착해졌다.

그녀의 말대로다.

그들이 지금 둔 것은 자충수.

분명 이것이 먹혀든다면 곤란했지만, 반대로 막아 내기만 한다면 상대의 숨통을 단번에 끊을 수 있는 치명적인 사건이다.

물론 아직까지는 그걸 막아 낼 방도를 찾지 못했지만 그래도 혁련휘는 조급하지 않았다.

침착한 혁련휘의 모습에 환야가 작게 고개를 끄덕거리고 있을 때였다.

갑자기 닫혀 있던 장원의 문이 열리며 헐레벌떡 부의민이 뛰어 들어오고 있었다. 창 쪽에 서 있던 환야가 그런 부의민을 발견하고는 이상하다는 표정을 지어 보였다.

"저 녀석은 뭐 저리 급히 뛰어온데."

창을 통해 시선이 마주치자 부의민이 잘됐다는 듯이 곧바로 그들이 있는 방으로 찾아들어 왔다.

그가 급히 말을 이어 나갔다.

"여기들 있었네?"

"뭐야 이렇게 다급히."

"아직 연락 안 왔어?"

"연락이라니 갑자기 무슨 연락?"

환야와 이야기를 주고받던 부의민이 이내 자신이 바깥에

서 전해 들은 소식을 꺼냈다.

"오늘 저녁에 소교주의 귀환을 축하하는 피로연을 연다던데?"

"그게 사실이야?"

"어, 방금 막 전해 듣고 달려오던 길이야. 그나저나 그놈들이 우리한테 연락을 안 할 리가 없는데 왜 아직……."

말을 내뱉고 있는 그때 문가에서 누군가의 기척이 느껴졌다. 그리고 그 기척의 주인은 다름 아닌 서찰을 전하러 온 하인으로 보였다.

하인을 발견한 환야가 그쪽으로 고갯짓을 하며 가볍게 말을 받았다.

"잠잠하다 말했던 거 취소해야겠네요."

가짜 소교주를 위시한 그들이 움직이기 시작했다.

웅성웅성.

소교주의 마교 복귀를 축하하기 위해 만든 피로연의 자리에는 수많은 이들이 몰려들었다. 그리고 그 손님들을 맞는 선두에는 묵룡천가 가주 천위극이 자리했다.

손님을 맞던 천위극은 이내 자신의 앞에 있는 자를 확인하고는 움찔했다. 일흔 살 정도 되어 보이는 그 노인은 얼마 전까지만 해도 혁련휘에게로 돌아섰던 자였다.

그랬던 그가 갑자기 웃는 얼굴로 이곳을 찾아온 것이다.

그자를 확인한 천위극은 속으로 비웃음을 흘렸다.

얼마 전까지만 해도 자신을 보면서도 무시하던 그가 이렇게 찾아온 이유를 알고 있는 탓이다.

혁련휘에게 분위기가 기울자 그쪽의 배에 올라탔었던 그는, 다시금 소교주의 등장과 함께 분위기가 이상하게 흐르자 천위극에게도 손을 내밀고 있는 것이다.

그런 상대가 가소롭기 그지없었지만…… 지금은 이런 자들을 밀어낼 때가 아니다.

천위극 또한 재빨리 표정을 바꾸며 그를 반갑게 맞았다.

"오셨소?"

"소교주님이 돌아오셨다지요?"

웃는 천위극을 상대로 상대 또한 아무렇지 않게 대화를 이끌어 나갔다. 마치 둘 사이에 아무런 문제도 없었다는 것처럼.

"예, 다행히도 몸 성히 돌아오셨소. 한동안 자리를 비우셔서 그런지 제 도움을 필요로 하시더이다. 그래서 지금은 제가 여독을 푸시는 걸 돕고 있소이다."

"허허, 그렇군요. 허기야 소교주님을 모시려면 천 가주 정도는 되셔야 어울리는 법이지요."

"과찬이시오."

“내 한동안 일이 바빠 천 가주와 사이가 소원해진 것 같은데 설마 오해를 하시는 건 아니시지요?”

“오해할 게 뭐 있겠소. 우리 사이에 말이오.”

“우리 사이? 하하! 거 듣기 좋은 말입니다. 내 앞으로는 천 가주를 단단히 챙길 테니 혹여나 서운했던 게 있다면 잊어 주시면 감사하겠습니다.”

“그런 거 없으니 이왕 오신 김에 재미있게 즐기다 가시오.”

“천 가주의 배려에 감사드립니다. 그럼 이만.”

둘은 웃는 얼굴로 인사를 끝냈다.

속내는 어떨지 몰라도 겉으론 그런 일 따위 아무렇지 않다는 듯이 행동하는 것.

이것 또한 정치다.

멀어져 가는 그자를 힐끔 쳐다보며 천위극은 혀를 찼다.

‘쯧쯧, 한심한 작자 같으니라고.’

그새를 못 참고 다시금 배신하는 상대의 모습에 기가 찰 지경이다. 그렇지만 천위극은 곧 그에 대한 관심을 끊었다.

세상에 저런 놈들이 비단 저놈 하나뿐이랴.

수도 없이 많은 이들이 오늘 이곳에 와서 다시금 자신 앞에 고개를 조아릴 것이다. 그리고 그건 곧 혁련휘에게 향했던 분위기가 다시금 자신들 쪽으로 돌아오고 있다는 걸 의미했다.

손님을 맞으면서도 천위극의 관심은 온통 다른 곳으로 향해 있었다.

그건 바로 혁련휘였다.

과연 그가 오늘 이 자리에 모습을 드러낼까?

많은 이들이 혁련휘가 오지 않을 거라 말했다. 그렇지만 천위극은 달랐다.

'그는 올 것이다.'

자신이 본 혁련휘는 결코 걸어오는 싸움을 피하는 자가 아니었다.

그런 그라면 분명 오늘 이곳 피로연 자리에 오고도 남을 것이다.

천위극의 확신.

그렇지만 그 확신은 시간이 지나감에 따라 점점 사그라지고 있었다.

피로연이 시작할 시간이 다 되어 감에도 불구하고 혁련휘를 비롯한 그의 수하들은 코빼기도 비치지 않고 있었으니까.

'내가 잘못 판단한 것인가?'

혁련휘가 오지 않을 수도 있다는 생각이 들자 천위극은 마음이 복잡했다.

이상하게도 이겼다는 승리감보다, 알 수 없는 실망감이 밀려든다.

시간이 지났음에도 불구하고 입구에 선 채로 손님을 맞고 있는 천위극에게 이내 혈뢰주가의 가주 주석인이 다가왔다.

"천 가주, 이제 시간이 됐소이다."

"……들어가지요."

안에서 기다리는 수많은 이들을 맞이하기 위해 결국 천위극은 아쉬운 마음을 접고 안으로 발걸음을 돌렸다.

소교주의 귀환을 축하하는 피로연이 열리는 이곳 오악전은 무척이나 커다란 장소였다.

수천 명의 무인들이 모여 있는 오악전의 내부는 소란스러웠다.

그런 소란은 천위극이 안으로 걸어 들어오면서 이내 잠잠해졌다.

천위극이 무거운 걸음을 옮기며 한쪽으로 향했다.

그건 오악전의 한편에 위치한 자그마한 문가였다. 그리고 그 문가에 도달한 그가 바깥으로 걸어 나갔고, 그곳에는 한 사내가 자리하고 있었다.

혁리원, 바로 그였다.

그가 가짜라는 걸 잘 아는 천위극이지만 모든 일이 끝날 때까지는 그런 생각을 버렸다.

가짜인 그를 진짜처럼 극진히 대하고 예를 갖추고 있는 천위극이었다.

천위극이 예를 갖춘 채로 말했다.

"드시지요."

천위극의 말에 고개를 끄덕인 가짜 혁리원이 열린 문을 통해 오악전에 들어섰다.

그리고 혁리원이 모습을 드러내는 순간 잠시 잠잠했던 오악전에는 함성이 가득 찼다.

"소교주님!"

사방에서 들려오는 고함 소리에 그자는 진짜로 혁리원이라도 된 것처럼 부드러운 미소와 가볍게 손짓을 하며 소란을 잠재웠다.

그리고 그런 그의 뒤편으로 천위극을 비롯한 칠대천의 여타 수장들이 줄지어 섰다.

주석인과 백천기, 하약란이 그의 뒤에 선 채로 지금의 상황을 예의 주시하고 있었다.

소교주의 등장은 일방적으로 수세에 몰리고 있던 그들에게 반전의 계기가 되어 주었다.

교주를 따르던 세력들 중 많은 이들이 혁련휘에게서 이미 등을 돌렸다.

그들이 지금까지 혁련휘를 따랐던 것은 그가 교주의 핏줄이었기 때문이다.

그러던 차에 정식 후계자인 소교주가 나타났으니 굳이 그를 따라야 할 이유가 없었던 것이다. 덕분에 얼마 전과는 확연하게 차이가 날 정도로 숫자도 많아졌고, 분위기 또한 달아오른 상태였다.

혁리원의 얼굴을 한 그자가 손짓을 하자 환영의 함성을 질러 대던 이들의 입이 거짓말처럼 닫혔다.

가짜 혁리원이 웃는 얼굴로 입을 열었다.

"오랜만입니다, 여러분."

가벼운 말로 이야기를 시작한 그가 이내 말을 이어 나갔다.

"무공을 훈련하겠다는 욕심에 잠시 폐관에 들어갔었는데 그 사실 때문에 많은 분들이 걱정을 하셨다 들었습니다. 제 모자랐던 행동으로 인해 심려를 끼쳐드린 점 송구하기 그지없습니다. 그리고 이 자리를 빌려 다시는 그와 같은……."

막 힘차게 말을 이어 나가고 있을 때였다.

오악전 바깥에서 뭔가 소란스러운 소리가 일기 시작했다.

"지, 지금은 소교주님이 말씀을 하시고 계시니 들어가시면……!"

다급해 보이는 목소리, 그렇지만 그 목소리는 끝까지 이어지지 못했다.

갑작스러운 소란에 모두가 문 쪽을 바라봤다.

그리고 그건 위쪽에 위치한 자리에 선 채로 이야기를 하고 있던 가짜 혁리원도, 그리고 칠대천의 수장들도 마찬가지였다.

소란이 이는 그 순간 천위극은 직감적으로 느꼈다.

'왔구려, 대공자.'

그제야 천위극의 입가에 미소가 걸렸다.

그랬다.

처음부터 이랬어야 했다.

그저 혁련휘를 이기고 싶은 게 전부가 아니다. 강한 그와 싸워서 자신이 더 강하다는 걸 증명하고 싶었던 것이다.

그리고 그런 천위극의 예상을 증명이라도 해 주려는 듯이 문이 열리며 일련의 무리가 모습을 드러냈다.

그리고 그 선두에 선 사내.

뒤편에 수백 명의 무인들을 이끌고 이곳 오악전에 모습을 드러낸 건…….

"많이들 모였군."

혁련휘, 바로 그였다.

조용히 소교주의 말을 경청하고 있던 이들이 대공자의 갑작스러운 등장에 술렁거렸다.

이 자리에 혁련휘가 올 거라 여긴 이들은 그리 많지 않았다. 천위극 같은 극히 일부의 몇몇을 제외하곤 말이다.

혁련휘는 자신의 등장과 함께 소란스러워진 주변의 분위기를 느끼며 천천히 입을 열었다.

“다들 뭐 그리 놀란 표정들이지? 동생이 돌아온 자리를 형인 내가 축하하는 게 이상한 일인가?”

지금 이 자리에 모여 있던 대부분은 혁련휘의 등장이 불편했다.

특히나 얼마 전까지만 해도 혁련휘의 아래로 들어가 꼬리를 치다 상황이 바뀌기 무섭게 배신한 이들은 더더욱이나.

혁련휘가 오악전 내부에 있는 이들의 얼굴을 가볍게 살펴보며 말했다.

“낯익은 얼굴들이 제법 있군.”

혁련휘의 그 말에 몇몇 이들이 움찔했다.

그 가벼운 한마디가 배신을 한 자신에게 향하는 경고라는 걸 잘 알았기 때문이다.

갑작스러운 등장과 함께 소교주의 환영 인사를 망친 혁련휘를 향해 장로 한 명이 말을 꺼냈다.

"아무리 대공자라 하셔도 소교주님의 연회 자리에 이렇게 나타나 연설을 끊으시는 건 예의에 어긋나는……."

"됐고. 내 자린 어디지."

혁련휘는 듣기 귀찮다는 듯 손을 들어 상대의 말을 막아 버렸다.

그런 행동에 말을 꺼냈던 상대의 얼굴이 붉으락푸르락하게 변하긴 했지만 더는 무슨 행동을 할 수 있는 상대가 아니었다.

비록 소교주의 귀환과 맞물려 하루가 다르게 힘이 약화되어 가는 대공자라고는 하지만 아직까진 무시할 만한 상대는 아니었던 탓이다.

혁련휘를 단상 위편에서 내려다보던 천위극의 입가엔 미소가 걸렸다.

'잘 왔소이다, 대공자. 쉬이 꺾이면 안 되지 않겠소. 그러면 이렇게 싸움을 준비한 내가 너무 시시하지요.'

천위극이 단상에서 성큼 내려와 혁련휘에게 다가갔다. 그리고 자신에게 다가오는 천위극을 그가 힐끔 고개를 돌려 응시했다.

마침내 지척으로 다가온 천위극.

그가 웃는 얼굴로 혁련휘를 맞았다.

"늦으셔서 안 오시는 줄 알았습니다."

"하나같이 내가 오면 안 될 자리를 온 것처럼 바라보는군."

"그럴 리가요. 전 대공자님이 오실 거라는 걸 믿어 의심치 않았습니다."

천위극이 말과 함께 몸을 돌려 한쪽을 가리켰다.

"저기 미리 자리를 마련해 두었습니다. 그러니 저기로 함께……."

혁련휘를 위해 준비해 둔 자리로 그를 막 안내하려던 찰나였다.

가만히 서 있던 혁련휘가 갑자기 성큼 걸음을 옮겨 먼저 그쪽으로 다가갔다.

그런 그를 쫓던 천위극의 표정이 일그러지는 건 그로부터 얼마 되지 않아서였다.

의자의 바로 앞에 도달한 혁련휘는 그곳에 자리하지 않았다. 그는 갑자기 그 의자를 손으로 들어 올린 채로 성큼 걸음을 옮기기 시작했다.

혁련휘의 일거수일투족에 모든 관심이 집중되었었던 상황.

몇몇 이들의 입에서 갑작스러운 혁련휘에 행동에 대한 탄성이 자연스레 터져 나왔다.

"어어?"

의자를 들고 움직이기 시작한 혁련휘가 향한 곳은 다름 아닌 단상 위편에서 이야기를 하고 있던 가짜 혁리원의 뒤편이었다.

그리고 그쪽에 위치한 의자의 옆으로 다가갔다.

순간 누가 뭐라고 할 틈도 없이 혁련휘가 움직였다.

타앙!

혁련휘가 의자를 바닥에 강하게 찍어 넣었다. 그리고 그 자리는 다름 아닌 소교주 혁리원의 얼굴을 한 그자의 의자가 있는 바로 옆이었다.

의자가 부르르 떨렸고, 바닥에 내려찍으며 울리기 시작한 소리가 오악전을 가득 채웠다.

혁련휘가 자신을 바라보는 가짜 혁리원을 바라보며 천천히 말했다.

"난 여기 앉지. 불만…… 있나?"

4장. 괜찮다

— 그 녀석이니까

혁련휘의 행동을 지켜보는 천위극의 표정에 다양한 감정들이 스치고 지나갔다. 목표를 위해선 반드시 쓰러트려야 할 상대지만 적어도 가지고 있는 능력만큼은 인정하지 않을 수 없다.

잠시나마 혁련휘로 향했던 권력의 향방이 혁리원의 등장과 함께 자신들에게로 돌아왔다.

그런 걸 모르지 않을 지금 혁련휘는 몸을 사리기보다 오히려 자신의 존재감을 더욱 드러내고 있다.

마련해 둔 자리가 아닌 단상 위에 있는 소교주의 옆에 자신의 의자를 괜히 가져다 둔 게 아니다.

가장 상석에 위치한 소교주의 자리.

그리고 그 옆에 놓아둔 자신의 의자.

모두의 앞에서 스스로가 최소한 소교주의 아래가 아님을 각인시키려 하는 것이다.

이렇게 적군으로 가득한 장소에서 이같이 자신만만한 행동을 한다는 것 자체가 쉬운 일이 아니다.

혁련휘가 자리에 앉은 채로 자신에게 향해 있는 시선을 느끼며 짧게 말했다.

"하던 말 계속해."

혁련휘의 그 한마디에 가짜 혁리원의 표정이 살짝 일그러졌다.

어쩌다 보니 흡사 자신이 허락을 받고 말을 하는 꼴이 되지 않았는가.

화는 났지만 그는 참았다.

지금 같은 상황에 그런 속내를 드러낸다는 건 상대에게 자신이 말려들었다는 걸 증명하는 꼴이 되니까 말이다.

혁리원이 시선을 돌려 이곳에 찾아온 수많은 무인들에게 짧게 자신의 인사를 마무리 짓고는 자신의 자리로 돌아와 앉았다.

분명 방금 전까지만 해도 혁리원에게 환호하며 들끓었던 장소는 그의 인사가 끝났음에도 불구하고 생각보다 잠잠했다. 그리고 그렇게 들끓었던 분위기도 미적지근하게 변한 채로 서로의 눈치만 보기 바쁘게 변해 있었다.

이 모든 것이 혁련휘의 등장 때문이다.

이미 한쪽에 자리한 혁련휘 휘하의 무인들.

숫자는 그리 많진 않았지만 마교 내에서 높은 위치에 있는 이들이 적지 않다. 그런 그들 또한 무시할 수는 없는 상대들.

변한 분위기를 느낀 천위극이 단상 앞에서 짧게 말했다.

"자자, 다들 이 좋은 날 술이 없으면 되겠소이까? 준비된 술상을 들일 테니 마음껏 즐기고들 가시오."

"역시 천 가주님은 뭘 아신다니까. 하하."

무리에 섞여 있던 호탕하게 생긴 사내 하나가 술이라는 말에 너털웃음을 터트렸다. 그리고 곧바로 천위극의 말대로 문이 열리며 수많은 술상들이 들어오기 시작했다.

자연스럽게 주변의 분위기가 소란스러워지는 그때.

단상 위에서 나란히 앉아 있던 혁련휘가 슬그머니 고개를 돌려 혁리원의 옆모습을 응시했다.

머리에서부터 턱 끝까지.

며칠 전 처음 만났을 때도 샅샅이 훑어봤음에도 불구하고 진짜와 분간할 수 없을 정도로 완벽한 얼굴을 하고 있던 그다.

그리고 그건 지금도 마찬가지였다.

이렇게 가까이서 물끄러미 바라보아도, 진짜 혁리원의 얼굴과 아주 조금의 다른 점조차 찾을 수가 없다.

완벽. 그 한 단어로밖에 표현할 수 없는, 눈으로 보고도 믿을 수 없을 정도로 똑같은 외모다.

'대단하군. 이 정도로 완벽하게 똑같은 얼굴을 만들어 낼 수 있다니.'

정말 이게 자신들의 예상대로 인피면구라면 실로 놀라운 실력이 아니던가.

사실 지금의 이 피로연 자리인 오악전은 모두에게 이 혁리원의 행세를 하는 자가 가짜라는 사실을 드러내기 아주 좋은 장소였다.

모여 있는 이들은 혁련휘의 반대편에 속한 자들이 대부분인 상황.

거기다가 수천 명에 달하는 증인까지 만들 수도 있다.

그렇지만 혁련휘는 섣부른 행동을 하지 않았다.

만약 인피면구를 쓴 것이 사실이라면 그러한 걸 자신들이 알고 있다는 걸 내비쳐서는 안 됐다.

먼저 그 인피면구를 만들어 낸 자를 찾기 전에 그같이 섣불리 움직이면 과연 무슨 일이 벌어지겠는가?

살인멸구다.

분명 인피면구를 만들어 낸 존재를 죽임으로써 그들은 입을 막으려 할 공산이 크다. 그런 일이 벌어지게 된다면 최악의 경우 저 가짜 얼굴을 영영 벗겨 내지 못할 수도 있다.

그랬기에 혁련휘는 괜히 인피면구를 거론하며 그들의 반응을 살피는 짓 따위는 애초부터 할 생각도 없었다.

그리고 자신의 옆에 있는 혁리원이 가짜라는 걸 드러낼 또 하나의 방법.

바로 추억이다.

칠대천이 관련된 일이라면 이미 어느 정도 단단히 방비를 해 뒀을 터.

자신과 단둘만이 아는 비밀 같은 걸로 이자가 가짜라는 걸 모두에게 보여 줄 수 있다.

허나…… 그게 과연 통할까?

혁련휘는 단호하게 말할 수 있었다.

아니라고.

단둘만이 아는 비밀이라는 건 반대로 돌려 말한다면, 또 그 누구도 증명할 수 없는 이야기라는 말이 된다.

현재 마교 전체 세력의 절반 이상을 집어삼킨 칠대천을 한낱 증명할 수 없는 말로 어찌 흔든단 말인가.

지금 같은 상황에서 혁련휘가 둘만의 비밀을 이야기하며

가짜라는 걸 캐묻고 들어가 봤자 그저 다음 교주 자리에 욕심이 나서 거짓말을 하는 비겁하고 우스꽝스러운 자로 몰릴 게 자명하다.

혁련휘의 기억, 그것은 결코 증거가 되지 않는다.

보다 확실하게 눈으로 보이는 뭔가가 있지 않으면 말이다.

그랬기에 혁련휘는 저 인피면구를 벗겨 낼 방법이 필요했다. 마교를 좌지우지하고 있는 그들을 무너트리기 위해서는.

술자리가 시작되어 시끌벅적하게 달아오르기 시작한 아래에서 불쑥 누군가의 목소리가 들려왔다.

"소교주님에게 하나 여쭙고 싶은 게 있습니다."

말없이 앉아 있는 혁련휘의 시선이 그 목소리가 들려온 쪽으로 향했다.

목소리가 들려온 쪽에는 이미 술을 거나하게 마셨는지 얼굴이 다소 붉게 물든 노인 하나가 자리하고 있었다.

노인치고는 우람한 덩치에 걸걸한 목소리.

그렇지만 마교 내에 있는 하나의 전대를 맡고 있을 정도로 실력 있는 무인이자, 어느 정도 교 내에서 입지를 지닌 인물이기도 했다.

철각전주 방무.

그리고 그는 혁련휘의 반대편에 서 있는 신검백가와 밀접한 연관이 있는 자였다.

갑작스레 뭔가 할 말이 있다며 나선 자의 정체가 방무라는 걸 확인한 혁련휘의 시선이 더욱 싸늘하게 변했다.

적이라면 모를까 한통속이 분명한 작자들.

그런 자가 굳이 이런 모두가 보는 자리에서 갑자기 뭔가를 이야기하려 한다는 건…… 어떠한 이유가 있기 때문이리라.

그리고 그런 혁련휘의 생각이 맞다는 걸 증명이라도 하려는 듯이 앉아 있던 천위극이 기다렸던 것처럼 재빠르게 일어나 방무에게 대답했다.

"방 전주, 하시게."

"흠흠."

천위극의 허락이 떨어지자 방무가 가볍게 목청을 다듬었다.

시끌거리던 목소리들이 순식간에 잦아든 채로 모두가 그에게로 시선을 주고 있는 그때였다.

"이번에 사라지셨던 것이 수행을 위해서였다 들었습니다. 맞으십니까?"

"그렇습니다, 방 전주."

혁련휘의 옆자리에 있는 혁리원의 얼굴을 한 그자가 고

개를 끄덕였다.

혁리원의 대답이 떨어지자 방무가 곧바로 말을 받았다.

"그 성취를 혹시 볼 수 있을는지요."

갑작스러운 방무의 말에 조용해졌던 분위기가 일순 술렁였다.

사실 무공의 성취를 보고 싶다느니 하는 말은 그리 쉬이 뱉을 수 있는 게 아니었다.

하물며 그 상대가 소교주라면 더더욱이나 말이다.

그럼에도 불구하고 방무가 그 같은 말을 꺼낼 수 있는 이유는 예상했던 바로 그 이유 때문이다.

혁련휘는 앉아 있던 혁리원이 일어나는 걸 느끼며 슬며시 다리를 꼬았다.

'짜고 치는 계획이로군.'

애초부터 방무와 천위극은 서로 말을 맞춰 놨을 것이다.

그랬기에 방무가 나섰고, 또 다소 건방져 보일 수 있는 말에도 혁리원의 얼굴을 한 그는 전혀 불쾌한 표정 없이 순순히 자리에서 일어난 것이다.

이 우스꽝스러운 상황이 혁련휘는 너무나 역겨웠다.

이들이 이 같은 말도 안 되는 연극을 하는 이유는 하나.

혁리원이 가짜인 걸 알고 있는 혁련휘에게 뭔가를 보여주려 하는 것이다. 그리고 그 순간 자리에서 일어난 혁리원이 쑥스럽다는 듯 머리를 긁적거리며 입을 열었다.

"무림의 수많은 선배님들이 계신 자리에서 무공을 뽐내려니 쑥스럽기는 하나…… 마교의 소교주라는 위치에 있는 저의 무공이 어느 정도 수준에 올랐는지 궁금해하실 수도 있다는 점을 감안하여 조금 실력을 보이도록 하겠습니다."

말을 마친 혁리원이 주변을 두리번거리다가 이내 뭔가를 발견했는지 단상 아래로 껑충 뛰어 내려갔다. 그러고는 가까이 있는 술상으로 다가가 젓가락 하나를 들어 올렸다.

그가 자신을 향한 시선을 마찬가지로 한 번 훑어보고는 말을 이었다.

"자리가 자리이니만큼 검이 아닌 이 젓가락으로 보여드리지요."

젓가락을 가볍게 털어 낸 혁리원이 이내 슬그머니 그것을 아래로 향하게 쥐었다. 그러고는 그의 눈이 부릅떠지는 것과 동시에 젓가락이 지(之) 자로 허공을 갈랐다.

쉬잇!

바람이 갈라지는 소리와 함께 그의 젓가락이 빠르게 휘둘러졌다. 그렇지만 내공을 크게 싣지 않아서인지 젓가락에서는 큰 힘이 쏟아져 나오진 않았다.

그렇지만 그 모습을 단상 위에서 여전히 앉은 채로 보고 있던 혁련휘의 표정은 딱딱하게 굳었다.

'저 무공은…….'

어찌 저 무공을 모를까.

지옥월영참혼류(地獄月影斬魂流).

비밀리에 전수되는 무공이자, 동생 원이가 가장 아꼈던 무공.

지옥월영참혼류를 익히고 싶다며 혁련휘에게도 많은 걸 묻곤 했었다.

그랬기에 혁련휘는 그저 움직임과 내기의 흔들림만으로도 저 무공이 지옥월영참혼류라는 걸 단번에 알아차렸다.

그랬기에 혁련휘는 더 당황할 수밖에 없었다.

분명 저 무공을 아는 자라면 원이와, 그의 스승이었던 자밖에는 없을 터. 그런 무공을 가짜 혁리원이 사용하고 있는 것이다.

혁련휘가 딱딱한 표정으로 바라보는 것과는 대조적으로 뭔가를 잔뜩 기대했던 다른 이들의 얼굴에는 적잖은 실망감이 서려 있었다.

젓가락을 휘둘렀거늘 아무런 변화도 느껴지지 않은 탓이다.

한두 명씩 의아한 표정을 지어 보이는 바로 그 찰나 변화가 일어났다.

치잉.

갑자기 들려온 뭔가가 어긋나 깨어지는 소리에 모두의 시선이 그쪽으로 향했다. 한쪽에 위치한 이들의 술상에 놓인 잔들이 갑자기 일자로 잘려져 나간 채로 떨어져 내리기 시작한 것이다.

허나 그게 끝이 아니었다.

한쪽에서부터 시작된 행렬이 줄을 잇듯이 밀려오고 있었다.

그렇게 수백 개의 잔이 동시에 잘리듯 떨어져 나가는 걸 보고서 기다렸다는 듯이 방무가 입을 쩍 벌린 채로 박수를 치기 시작했다.

짝짝짝!

그리고 그 박수는 전염병이라도 된 것처럼 주변으로 옮겨 가기 시작했다.

많은 이들이 자리를 박차고 일어나 혁리원을 향해 박수를 보내고 있었다.

아주 적은 양의 내공만을 담았기에 이 정도지, 만약 그가 제대로 된 내공을 실었다면 사람이라도 갈라져 나갔을 거라는 사실을 알고 있었기 때문이다.

이토록 은밀하게 단 일격에 수십에서, 수백을 죽일 수 있는 치명적이면서도 엄청난 무공에 좌중의 얼굴엔 놀라움과 감탄이 가득했다.

지옥월영참혼류를 펼쳐 낸 혁리원이 슬쩍 고개를 돌려 아직까지 단상 위에 있는 혁련휘를 바라보며 미소 지었다.

마치 지금 자신을 보고도 가짜라는 말을 할 수 있겠냐는 듯이.

'……내게 보라 이거로군.'

어떻게 된 건지 모르겠지만 가짜 혁리원은 동생의 무공까지 훔친 상태였다. 하루아침에 완성시킬 수 없는 무공이니만큼 분명 이 계획은 그만큼 긴 세월 동안 준비된 것이리라.

혁련휘는 이들이 이런 자리를 마련해 가짜 혁리원으로 하여금 무공을 선보인 이유가 자신에게 함부로 움직이지 못하도록 경고하려는 의도라 여겼다.

물론 그건 사실이었다.

그렇지만…… 그게 전부도 아니었다.

바로 그 순간 박수를 치고 있던 방무가 감동한 듯한 어조로 말했다.

"이토록 정정하신 소교주님을 뵈니 저희 마교의 미래가 어찌 든든하지 않을 수 있겠습니까. 최근 들어 교주님께서 몸이 안 좋으심에도 불구하고 계속해서 그 자리를 지키고 있는 것이 못내 마음이 아팠는데, 이제 슬슬 물려주시고 쉬셔도 될 것 같습니다. 아니 그렇습니까, 여러분?"

이어지는 방무의 이야기는 별문제가 없어 보일 수 있었다.

그렇지만 그걸 깊게 파고들어 가면 지금 이 말은 교주 혁무조가 슬슬 자리에서 물러나고 소교주가 그 자리에 올라야 하는 게 아닌가를 모두에게 은연중에 묻고 있는 것이었다.

그 사실을 깨달은 마혈적가의 적인호가 두 눈을 크게 치켜떴다.

그의 눈동자가 분노로 이글거리고 있었다.

그런 혁련휘 패거리들의 반응을 보면서 천위극이 여유 있는 듯한 모습으로 방무의 말을 받았다.

"다들 보신 것처럼 이리 강건하시니 곧 교주 자리를 양도하시겠지요. 허허."

웃고 있는 천위극의 얼굴에 스며들어 있는 자신감 가득한 표정.

마치 이 싸움을 이겼다고 여기는 듯해 보였다.

그 표정을 바라보고 있던 혁련휘가 잠시 눈을 감았다.

'이거였더냐, 천위극.'

천위극이 노렸던 건 비단 혁련휘를 꺾는 게 전부가 아니었다.

그저 혁련휘만을 쓰러트리려고 이런 위험한 패를 꺼내

들었을 리가 없다.

들통 나게 됐을 때 모든 걸 잃을 최후의 수.

물론 그랬기에 그만큼 치밀하게 오랜 시간 준비했겠지만 그렇다고 해도 모든 걸 잃을 걸 감안하면 그 패를 꺼낸다는 것 자체가 그로서는 승부를 걸었다는 말이기도 했다.

위험 부담만큼, 얻을 게 있어야 한다.

혁련휘를 꺾는 건 물론이거니와 최종 목표까지 단번에 나아가야만 했다.

그리고 그 최종 목표는 바로…… 마교 지존의 자리다.

그는 이 가짜 혁리원을 내세워 혁련휘는 물론이거니와, 이제는 병으로 인해 점점 마교의 통제력을 잃어 가는 혁무조의 자리를 채우려 하는 것이다.

천위극이 이번 일을 계기로 노리는 가장 큰 목표.

그건 바로 교주의 자리다.

천위극은 분명 생각보다 쉽지 않은 상대였다. 혁련휘가 예상치 못했던 이런 방법으로 상황을 완전히 뒤바꾸어 버렸으니 말이다.

하지만…….

혁련휘가 천천히 눈을 뜨고 모두의 앞에서 여유 있는 미소를 짓고 있는 가짜 혁리원을 바라봤다.

저 얼굴 앞에서 맹세했다.

'원아, 기다리거라.'

상대가 누구라도 상관없다.

혁리원을 죽게 만든 모두에게 그 대가를 치르게 할 뿐이니까.

살아 못 지켰던 그 아이를, 이제는 지킬 것이다.

혁련휘가 자리에서 일어났다. 그러고는 이내 단상 아래에 우글거리는 이들을 바라보며 나지막이 중얼거렸다.

"구역질이 나서 더는 못 있겠군."

*　　*　　*

여전히 어두컴컴한 교주전에 자그마한 인기척이 들렸다. 그리고 그 인기척은 긴 잠에 빠져 있던 혁무조의 눈을 뜨게 했다.

반쯤 눈을 뜬 채로 혁무조가 나지막이 입을 열었다.

"어딜 다녀오느냐."

은밀히 안으로 들어서던 호위 무사 무명은 갑작스러운 혁무조의 부름에 깜짝 놀랐다. 최대한 기척을 죽이고 움직였고, 크나큰 교주전의 구조상 자신이 들어왔다는 걸 알아차리는 건 그리 쉬운 일이 아니었을 터인데…….

혁무조가 침상을 감싸고 있는 붉은 천을 손으로 젖히며

천천히 몸을 일으켰다.

침상에 앉아 있는 혁무조의 얼굴빛은 그리 좋지 않았다.

그렇지만 무명은 그런 그를 보며 놀라운 마음을 감추기 어려웠다.

혁무조의 몸 상태가 나빠진 건 제법 예전의 일이다.

그리고 그것이 극에 달했던 것이 대략 이삼여 년 전부터.

그런데 문제는 그 이후다.

당장이라도 숨이 넘어가도 이상하지 않을 것 같은 그 최악의 상태에서 혁무조는 버티고 있었다.

그것도 하루 이틀도 아닌 무려 이삼여 년에 달하는 그 긴 시간을.

실로 대단한 정신력이 아닌가.

조금만 흐트러졌다면, 아주 조금이라도 마음이 약해졌다면 혁무조는 여기까지 오지 못했을 것이다. 겉보기에 그는 무척이나 평온하게 침상에 누워 하루하루를 보내고 있다.

허나 아니다.

혁무조는 계속해서 싸우고 있는 것이다.

자신의 마음속에서 연신 밀려드는 나약한 마음과. 잠시나마 틈을 보이면 자신을 집어삼킬 그 거대한 두려움과 말이다.

혁무조가 침상에 걸터앉은 채로 무명의 손에 들린 뭔가

를 보며 말했다.

"또 약이냐?"

"아, 예. 이번엔 새외에서만 구할 수 있다는 특별한 약재라 합니다. 이걸 드시면 그래도 차도가……."

"그 말만 골백번은 들었겠다, 이놈아."

피식 웃으며 말하는 혁무조의 말투에는 왠지 모를 씁쓸함마저 느껴졌다.

몸에 좋다는 약이란 약은 수도 없이 먹어 왔던 그다.

허나 아무런 차도도 없었고, 혁무조 또한 무명이 항시 구해 오는 수많은 약재들에 별다른 관심이 없어 보였다.

그런 혁무조의 모습에 무명이 조심스레 말을 이었다.

"정말 좋은 약이니 그래도 드시지요."

"오냐, 힘들게 구해 왔는데 마다하진 않으마."

말을 마친 혁무조가 막 다시금 침상에 누우려고 할 때였다.

그가 갑자기 눕히던 몸을 일으켜 세우고는 교주전의 입구 쪽으로 고개를 돌렸다.

혁무조의 그런 행동에 무명 또한 자연스레 뒤쪽을 바라봤다.

그리고 그로부터 얼마 시간이 지나지 않아 입구 부분에서 자그마한 소란이 일었다.

누군가의 목소리를 들은 무명이 슬그머니 혁무조에게 시선을 돌렸다.

자신은 인기척을 느끼기도 전부터 이미 상대가 왔음을 알아차리는 그의 귀신같은 감각에 이제는 익숙해질 법도 하련만, 볼 때마다 그저 감탄의 연속일 뿐이다.

무명이 말했다.

"제가 나가 보겠습니다."

"나가서 데리고 들어와."

"밖에 나타난 자가 누군지 아시는 겁니까?"

놀란 듯한 무명의 질문에 혁무조가 침상에서 몸을 일으켜 세우며 고개를 끄덕였다.

"대충은."

그런 혁무조의 모습에 무명은 뭔가 중요한 상황이 왔음을 직감하고는 곧바로 몸을 돌렸다.

그리고 이내 그가 빠른 걸음으로 교주전 바깥으로 걸어 나왔다.

교주전의 입구에서 다소 떨어진 곳에 위치한 호위 무사들. 그리고 그 호위 무사들의 앞에 있는 건…….

'소교주님?'

혁리원 그가 이곳에 모습을 드러낸 것이다.

갑자기 나타난 혁리원을 잠시 바라보던 무명이 이내 정

신을 차리고는 그쪽으로 다가갔다. 무명을 확인한 교주전의 호위 무사들이 급히 상황을 설명하려고 할 때였다.

무명이 손을 들어 올리며 그들을 제지했다.

그러고는 이내 앞에 있는 혁리원을 향해 짧게 말을 걸었다.

"교주님이 허락하셨습니다. 안으로 드시지요."

"……제가 온 걸 아시는 겁니까?"

"그러신 것 같습니다. 자세한 건 안으로 들어서 하시지요."

무명의 말에 혁리원은 고개를 끄덕였다.

교주전을 철벽처럼 지키고 서 있던 무인들은 교주의 허락이 떨어졌다는 말을 듣고서야 옆으로 비켜섰고, 이내 혁리원은 그곳을 통해 걸음을 옮겼다.

그렇게 안쪽으로 다가오던 혁리원이 이내 어둠에 휩싸여 있는 교주전의 문에 손을 가져다 댔다.

끼이이익.

소리와 함께 어둠이 모습을 드러냈고, 그 안으로 혁리원이 망설임 없이 걸어 들어갔다. 무명 또한 따라서 안으로 들어가려 했지만 그 순간 혁무조의 전음이 날아들었다.

『둘이서 이야기를 나눠야 하니 모두 반경 오십 장 바깥으로 물러나라 이르거라.』

『알겠습니다, 교주님.』

혁무조의 명에 무명은 열린 문을 닫고는 곧바로 모습을 감췄다.

그렇게 문을 통해 들어온 혁리원과 침상에서 일어나 앞으로 걸어오던 혁무조의 시선이 마주쳤다.

혁리원이 먼저 예를 갖추며 입을 열었다.

"수행을 다녀오느라 이제야 돌아왔습니다. 아들 원이, 아버님을 뵈러……."

혁리원이 오랜만에 만난 그를 향해 감회에 젖은 듯한 목소리로 말을 내뱉고 있을 때였다.

혁무조가 짧게 말했다.

"그만."

"……?"

갑작스럽게 말을 끊는 혁무조에게 혁리원이 시선을 주는 바로 그때였다.

혁무조가 두 눈을 마주한 상태로 천천히 입을 열었다.

"건방지게 어디서 감히 내 앞에서 가짜가 진짜 흉내를 내는 것이냐."

혁무조의 그 한마디에 혁리원은 움찔했다.

대체 어떻게 안 것일까?

그저 한마디 말만 주고받았을 뿐인데 혁무조는 이미 자신이 가짜인 걸 알고 있었다.

하지만 그는 크게 놀라지 않았다.

혁련휘 또한 자신이 가짜 혁리원이라는 걸 알고 있는 지금 교주가 안다 해서 크게 놀랄 일도 아니라 여겨졌기 때문이다.

오히려 혁무조가 자신의 정체를 안다는 사실을 확인하자 혁리원의 얼굴을 한 그자가 보다 편하게 말을 받았다.

"왜요? 가짜가 진짜가 되면 안 되는 법이라도 있습니까."

비꼬는 듯한 상대의 말투에 혁무조의 입꼬리가 올라갔다.

"네가 지금 함부로 입을 놀리는 상대가…… 누군지 알고 이러는 것이냐?"

말과 함께 쏟아지기 시작한 혁무조의 살기.

가짜 혁리원은 전신의 털이 소스라치듯 놀라 일어나는 걸 느꼈다.

그저 마주하는 것만으로도 다리에 힘이 풀려 주저앉을 것만 같은 두려움.

그런 두려움을 줄 수 있는 괴물과도 같은 자가 바로 혁무조가 아니던가.

그럼에도 그는 힘겹게 버티고 섰다.

그러고는 오히려 해 보라는 듯이 몸을 내밀며 혁리원이 말을 내뱉었다.

"죽이시지요."

도발적인 혁리원의 언사에 혁무조가 여전히 살기를 뿜어 대며 그를 응시했다.

혁리원이 말을 이었다.

"지금 절 죽이시면 어찌 되는지 아십니까? 세상은 당신을 아들을 죽인 미치광이로 기억할 겁니다. 병에 걸려 죽을 때가 되더니 노망이 났다고 하겠지요. 그렇게 당신은 모든 신망을 잃게 될 겁니다. 아마 교주 자리에서도 당장에 끌어 내려질지도 모르지요."

사실 이 계획을 짠 이들은 혁무조나 혁련휘가 가짜 혁리원을 치기를 내심 바라고 있었다.

그럼 그 일을 계기 삼아 이들을 권력에 미쳐 피붙이마저 죽인 파렴치한으로 만들 계획이었으니까.

약육강식의 세계인 마교.

사실 마교에서 교주 자리에 오르기 위해 형제를 죽이는 건 인륜적으로야 문제가 됐지만 종종 있어 왔던 일이다.

그리고 지금이라도 그런 일이 벌어진다면 뒤에서야 안 좋은 말이 나올 수 있지만 그것만으로 모든 걸 잃는 경우는 거의 없다 봐도 무방했다.

다만 문제는 지금 권력이 있는 쪽이 어디냐는 것이다.

없던 죄도 만들어 낼 수 있을 정도의 힘을 지닌 지금, 정말 그런 죄를 짓게 된다면 그들이 그걸 핑계 삼아 이를 드러낼 것은 자명한 노릇.

혁무조가 무서워 여태까지 참고 있던 칠대천들이다. 그렇지만 그들이 가짜 혁리원의 패를 꺼내 들었다는 것 자체가 더는 혁무조에게 굴복하지 않고 그를 짓밟고 올라서겠다는 일종의 도전과도 같았다.

목숨을 건 패를 던졌으니, 제아무리 혁무조가 강하게 나온다 한들 쉬이 물러나지는 않을 터.

어차피 장기전으로 가면 결국 병약해지기 시작한 혁무조가 패할 거라 여긴 그들 나름의 한 수였던 것이다.

최소한 혁무조나 혁련휘를 죽이지는 못할지언정, 마교 교주의 후계자 자리를 양도받지 못하게 시간을 끄는 것만으로도 칠대천들은 충분히 족했다.

지금에야 둘이 모두 살아 있으니 어쩌지 못하는 것이지 혁무조가 무너진다면 그때는 무력으로도 혁련휘를 제압할 수 있다 여긴 탓이다.

시간은 칠대천들의 편이었다.

자신만만하게 자신을 죽여 보라고 나서는 가짜 혁리원.

그렇지만 그는 혁무조가 자신을 건드릴 수 없다 여기고 있었다.

지금 한 말대로 자신을 건드리는 그 순간 불리해지는 건 바로 혁무조라 여겼으니까.

허나…….

마주 보고 있던 혁무조의 몸이 갑자기 사라졌다.

아니, 사라졌다고 생각하는 순간 그는 이미 코앞에 있었다.

눈으로 좇기도 전에 이미 혁무조가 혁리원의 거리 안에 존재했다.

놀란 그가 자신도 모르는 사이에 뒤로 피하려는 그 찰나.

혁무조의 손이 빈틈을 파고들며 그의 목을 움켜잡았다.

콰악!

"으윽!"

목을 움켜잡힌 혁리원이 소리를 토해 냈다. 동시에 허공으로 들려지면서 그의 얼굴이 새빨갛게 달아오르기 시작했다.

숨을 쉴 수 없었고, 이 손아귀에서 빠져나갈 수도 없었다.

목을 잡고 있는 손가락을 어떻게든 떼어 내기 위해 양손에 내공을 불어 넣은 채로 힘을 주곤 있었지만 놀랍게도 혁무조의 손은 미동도 하지 않았다.

붉어진 혁리원의 눈동자에 일순 공포라는 감정이 스치고 지나갔다.

그런 상대의 표정 변화에 혁무조는 여전히 그를 허공에 들어 올린 채로 비웃음을 흘렸다.

"왜? 방금 전까지는 그리 당당하더니 이제는 무섭더냐?"

"……."

혁무조의 조롱에도 그는 별다른 말도 하지 못하고 그저 자신의 목을 조르는 손가락을 떼어 내려고만 애썼다.

그런 혁리원을 향해 혁무조가 말을 이었다.

"느끼거라. 네놈이 얼마나 하찮은 존재인지를."

말과 함께 혁무조의 손에 더 힘이 들어갔다.

그리고 이내 허공에 대롱대롱 매달려 있던 가짜 혁리원은 숨이 넘어갈 것처럼 눈이 뒤집히기 시작했다. 바로 그 순간 혁무조가 들어 올렸던 그를 내팽개쳤다.

쾅!

바닥에 처박히며 그제야 혁리원은 막혔던 숨을 토해 냈다.

"커윽!"

가까스로 죽음 직전에서 돌아온 그는 거칠게 숨을 몰아쉬며 엎어진 그 상태에서 고개만 천천히 들어 올렸다.

그의 시선이 향한 곳에는 자신을 내려다보는 혁무조가 있었다.

혁무조가 혁리원을 내려다보며 경고했다.

"명심하거라. 가짜가 진짜 흉내를 내고, 또 그 진짜가 가졌던 것에 욕심을 내는 그 순간…… 파멸이다."

말을 마친 혁무조는 몸을 돌리고는 자신의 침상을 향해 걸어갔다.

더는 이 가짜 혁리원과 할 말이 없다는 듯이 말이다. 그리고 이내 혁무조가 침상에 걸터앉자 혁리원이 힘겹게 자리에서 일어났다.

자리에서 일어난 혁리원이 몸을 돌려 교주전을 빠져나가려 할 때였다.

뒤편에서 혁무조의 나지막한 목소리가 들려왔다.

"끝났다고 생각지 말거라. 넌 결코 진짜가 될 수 없을 것이고, 결국 네 계획은 실패할 게다."

혁무조의 그 말에 멈칫했던 혁리원이 고개를 돌렸다. 목이 졸린 탓에 여전히 새빨갛게 달아오른 얼굴로 혁리원이 대꾸했다.

"당신마저 죽이지 못하는 날 누가 어찌할 수 있겠습니까."

"글쎄……."

애매한 대답을 던지며 웃고 있는 혁무조를 바라보던 혁리원이 입술을 깨물며 휙 하니 사라져 버렸다. 그리고 혁리원이 교주전에서 사라지는 그 순간 혁무조의 얼굴에 있던 미소도 자취를 감췄다.

'대단한 인피면구로군. 만보신면 그 노인네가 아직도 살아 있는 건지, 아니면 그 후계자의 솜씨인지는 모르겠지만.'

놀랍게도 혁무조는 이미 혁리원이 인피면구를 쓰고 있고, 그것이 또 비설이 혁련휘에게 말했던 만보신면과 연관된 누군가의 작품이라는 것도 눈치챈 상태였다.

혁무조가 이토록 감탄하고 있는 건 비단 벗겨지지 않거나 눈으로 보고도 분간하기 힘들었기 때문만은 아니다.

목을 조르자 얼굴이 새빨갛게 변했다.

가죽으로 만든 얼굴이 어찌 그런 정교함을 보일 수 있는지 내심 신기하기도 했지만, 또 골치가 아프기도 했다.

그만큼 완벽하다는 소리였으니까.

허나 이내 혁무조의 걱정스럽던 얼굴에 미소가 감돌았다.

"꽤나 골치 아프겠구나, 아들아."

만보신면의 인피면구는 분명 예상 밖의 전개다.

그럼에도 불구하고 혁무조는 흔들리지 않았다.

괜찮다.

설령 이보다 심한 상황이 닥쳤다 해도.

혁련휘, 그 녀석이라면…… 할 수 있다 믿으니까.

교주전을 나선 혁리원은 천천히 걷고 있었다.

호위하는 몇몇 무인들만을 거동한 채로 그는 자신의 거처로 돌아가고 있었다.

말없이 걸어가던 혁리원이 갑자기 발을 멈췄다.

그 탓에 그를 호위하던 무인들도 자연스레 발걸음을 멈춰야만 했다.

제자리에 선 혁리원이 주변에 있는 이들에게 잠시 대기하라는 듯이 수신호를 보냈다. 그러고는 말없이 길게 숨을 내쉬었다.

방금 전 혁무조와의 만남과 그와 나눴던 대화들이 그의 머리를 어지럽혔다.

'가짜가 진짜가 가졌던 걸 욕심내는 그 순간 파멸이라고?'

웃기는 소리!

왜? 가짜는 왜 아무런 것도 가지면 안 되는가.

빼앗을 수 있거늘, 이제는 손에 쥘 수 있거늘 왜 가져선 안 된다 말하는가.

오랜 세월 가짜로 살아왔다. 그랬기에 이젠 진짜가 되고자 한다.

그 진짜가 되기 위해 칠대천과 손을 잡았고, 결국 이렇게 이 자리에 왔다.

이용당해도 좋다.

가짜라고 해도 좋다.

결국 교주의 자리에 오르게만 된다면 자신은 진짜가 될 것이니까.

혁리원의 얼굴을 한 그가 하늘을 향해 고개를 치켜들었다.

새카만 어둠에 감싸인 밤, 그리고 그런 어둠 속에서 빛나는 하나의 달.

혁리원이 달이 있는 곳을 향해 손을 내뻗었다.

그의 손이 달을 가렸다.

'조금만, 아주 조금만 더.'

항상 혼자서만 꾸어 왔던 꿈, 마교의 지존의 자리가 손에 닿을 듯이 가까워졌다.

분명 그렇게…… 믿었다.

5장. 가짜의 정체

— 단 한 명 있지

늦은 밤.

잠에 이르고도 한참은 지났어야 할 그런 시간에 혁련휘는 침상에 걸터앉은 채로 계속해서 생각했다.

그 가짜는 누굴까?

그냥 단순히 인피면구를 통해 얼굴만 똑같아진 게 아니다.

혁리원의 습관이나 사소한 버릇까지도 빼다 박았기에 어느 정도 전해 듣고 따라 하는 거라 여겼다. 그렇지만 그렇다고 보기에는 너무 자그마한 것까지 알고 있다는 느낌이 들었다.

그러던 차에 있었던 피로연에서의 무공.

분명 지옥월영참혼류는 혁리원과 그 무공을 가르쳐 준

둘만의 무공이라 알고 있었다. 그런 무공이 다른 이의 손에서 모습을 드러냈다.

혁리원의 스승이 다른 이에게 가르쳐 줬던 걸까?

그것 말고는 딱히 다른 뭔가가 떠오르지 않았지만 확인하는 건 불가능했다.

혁리원에게 그 무공을 전수한 스승이 세상을 뜬 지 한참은 됐으니 말이다.

물론 혁련휘 또한 지옥월영참혼류를 대충 따라 할 순 있었다.

혁리원이 무공이 막힐 때마다 혁련휘에게 고민을 털어놓았고, 또 앞에서 수십 번이고 보여 주기도 했으니 말이다.

그렇지만 아까 펼쳐졌던 지옥월영참혼류는…… 겉핥기식은 분명 아니었다.

그저 따라 하기가 아닌 제대로 익힌 기색이 역력했다.

칠대천이 빈틈없이 준비한 이번 계략에 혁련휘는 며칠째 골치가 아팠다.

피로연이 있고 고작 삼 일.

그동안 칠대천은 빠르게 속내를 드러내고 있었다. 그들이 가장 먼저 한 것은 혁련휘가 한 것과 비슷했다.

혁련휘가 칠대천을 지탱해 주던 하부 세력들에게 죄를 물어 처벌한 것처럼 그들 또한 마찬가지의 일을 행하기 시작했다.

혁련휘의 편에 선 마혈적가와, 흑랑방 등 여타의 세력들의 돈줄부터 틀어막기 시작한 것이다.

제아무리 강한 세력이라 해도 결국 이런 식으로 하나씩 돈줄이 사라지게 되면 흔들리게 되기 마련. 칠대천에 속한 그 두 곳마저 크게 동요하고 있거늘 여타의 중소 세력이야 말해 무엇하랴.

크게 흔들리고 있는 자신의 지지 기반들을 위해서라도 혁련휘는 답을 찾아야만 했다.

'원이의 무공과 습관이나 버릇 따위를 완벽하게 파악한 자. 그리고 비밀스러운 것들에 대해 어느 정도 알아야 할 테고…….'

눈을 감은 채로 머릿속으로 동생 혁리원과, 가짜 혁리원을 그렸다.

둘의 모습은 거짓말처럼 비슷했다. 얼굴이야 인피면구 때문에 그렇다 쳐도 덩치나 키도 완벽할 정도로 흡사하다.

마치 거울 앞에 자신을 보는 것처럼.

너무나 닮은 둘을 떠올리며 잠시 이맛살을 찌푸리던 혁련휘의 손가락이 갑자기 꿈틀했다.

'거울?'

그 한 단어와 함께 뇌리를 스치고 지나가는 뭔가가 있었다. 그리고 그걸 깨닫는 순간 혁련휘가 자신도 모르게 목소리를 높였다.

“젠장! 이 생각을 왜 이제야…….”

의자에 앉아 꾸벅꾸벅 졸고 있던 비설이 혁련휘의 높아진 목소리에 화들짝 놀라 자리에서 벌떡 일어났다.

그녀가 황급히 주변을 두리번거리며 물었다.

“무, 무슨 일 있어요? 누가 쳐들어라도 온대요?”

“쳐들어오긴 누가 쳐들어와. 실없는 소리 말고 다른 녀석들 다 어디 있지?”

혁련휘의 질문에 비설이 애매하다는 듯한 표정으로 말했다.

“아까까지는 다 뒤뜰에 계셨는데 지금은 잘 모르겠어요. 확인해 보고 아직 그곳에 계시면 다들 모셔 올까요?”

“그래, 부탁하지.”

“넵, 그럼 재빠르게 다녀올게요.”

말을 마치기 무섭게 비설이 문을 열고 바깥으로 뛰어 나갔다. 그리고 이내 그녀가 재빠르게 방으로 다시금 모습을 드러냈다.

“형님, 다행히 다들 계셔서 바로 불러왔어요.”

“수고했어.”

“뭘요.”

혁련휘의 수고했다는 말에 비설이 기분 좋게 웃고 있을 때였다. 그런 그녀의 뒤편으로 남은 세 사람이 걸어 들어왔다.

"대장, 찾으셨다고요?"

환야가 선두에서 물었다.

멀쩡해 보이는 환야와 달치, 그렇지만 둘과는 달리 부의민의 행색은 엉망이었다.

마치 방금 전까지 땅을 구르던 모양새로 보일 정도로 말이다.

더군다나 무척이나 거칠어져 있는 호흡까지.

지금까지 무공 훈련에 열중했던 탓이다. 그리고 나머지 두 사람은 그런 부의민의 곁에서 그를 괴롭히며 시간을 보내고 있었다.

혁련휘가 입을 열었다.

"분위기는 어떻게 흘러가고 있어?"

"안 좋죠. 오늘만 해도 두어 개는 박살 난 모양이니까요."

대답을 하는 환야의 모습은 평온해 보였다.

지금 상황이 점점 좋지 않게 흘러감에도 불구하고 그는 그러한 문제에 전혀 위기감을 느끼지 않는 것 같아 보였다.

허나 그건 환야가 태평해서도, 지금 이런 심각한 상황을 몰라서도 아니었다.

눈앞에 있는 혁련휘라는 사내에 대한 막연한 믿음. 그것이 환야를 이토록 침착함을 유지할 수 있게 만들어 주고 있었다.

혁련휘가 다시금 물었다.

"세력 구도는?"

"좋게 보면 이 대 팔이고, 나쁘게 보면 일 대 구로 보시면 될 것 같습니다. 아, 물론 저희가 낮은 쪽이고요."

칠대천 두 개와 여타의 중소 세력들만이 아직까지 혁련휘를 지지하고 있다.

그리고 두 개의 칠대천을 제외하고 나머지 세력 대부분은 언제라도 고개를 돌릴 위험성도 가지고 있는 상황.

사 대 육 가까이 엇비슷하게 치고 올라갔던 세력이 반 토막 이상이 나 버렸거늘 혁련휘의 입에서 나온 대답은 놀라웠다.

"아직 버틸 만하군."

"그렇죠?"

"하지만 결국 그리 길게는 못 버틸 거야."

떨어져 나가는 이들의 숫자는 시간이 갈수록 빨라질 테고, 그렇게 되면 결국 혁련휘는 처음 마교로 돌아왔을 때처럼 아무런 것도 없는 상황이 되어 버린다.

그렇지만 그런 건 혁련휘에게 별 상관이 없어 보였다.

혁련휘가 말했다.

"어차피 처음부터 빈손이어서 모두 잃는다고 해서 두려울 건 없지만…… 그러면 원이의 원수를 갚는 게 느려질 테니 그냥 두고 볼 순 없겠군."

혁련휘의 말투에서 그가 이미 뭔가를 계획하기 시작했다는 사실을 이곳에 있는 모두가 알아차렸다. 잔뜩 열이 오른 몸을 식히며 숨을 고르던 부의민이 피식 웃으면서 물었다.

"이제 우리 움직이는 거야?"

부의민의 질문에 혁련휘의 시선이 주변에 있는 네 사람을 가볍게 스윽 훑어봤다. 그러고는 이내 짧게 입을 열었다.

"당하는 건 적성에 안 맞으니…… 슬슬 받아치려고."

혁련휘의 말에 그들의 얼굴에 기대감이 서렸다.

한동안 가만히 있었던 혁련휘가 마침내 움직이기로 결단을 내렸고, 커다란 바위처럼 웅크리고 있기만 했던 그의 움직임이니만큼 결코 가볍지는 않을 터.

혁련휘가 가장 먼저 비설의 이름을 불렀다.

"비설."

"네, 형님."

"네 쪽에 있는 이들을 통해 만보신면에 대한 단서 확인된 게 있는지 다시금 알아봐 주고, 혹여나 있다면 자그마한 거라도 상관없으니 모두 전해 달라고 해 줘."

"그럴게요."

"부의민, 마교에 인맥 좀 있나?"

"인맥? 인맥은 왜?"

"소문을 좀 내야 할 게 있어서."

자신에게 묻는 혁련휘의 말에 부의민이 잠시 고민에 잠겼다. 그러고는 이내 애매하다는 표정으로 말을 받았다.

"조금 정도는 있긴 하지만 크게 뭘 도모할 정도의 인맥은 아닌 것 같은데……."

"상관없어. 그저 시선을 잡아끄는 정도여도 충분하니까."

"알겠어. 그럼 뭘 시킬지는 모르겠지만 우선 최대한 네가 말한 걸 소문내도록 할게. 근데 내가 낼 소문이 뭔데?"

"간단해. 돌아온 마교 소교주가 조금 이상하다. 이거면 충분해."

"그런 소문이 놈들에게 타격이 될까?"

"별 의미 없겠지. 하지만 그것만으로도 지금은 충분해. 시간을 끌기 위한 거니까."

혁련휘의 말이 당장엔 이해가 안 갔지만 부의민은 고개를 끄덕였다. 다른 사람도 아닌 혁련휘가 시키는 일인 이상 분명 어떠한 의미가 있을 거라는 걸 알기 때문이다.

"그리고 환야."

"네, 말씀하시죠."

"넌 좀 할 게 많아."

"뭐 익숙합니다. 여기서 저만 한 인재가 없잖아요?"

장난스레 말하며 환야가 어깨를 으쓱했다. 그리고 그런 그를 향해 혁련휘의 명이 이어졌다.

"비파월에 찾아가 비설과 마찬가지로 만보신면에 대한 정보가 들어온 게 있는지 다시 한 번 확인해. 그리고 하나의 의뢰를 더 맡겨."

"다른 의뢰요?"

"정보를 캐야 할 놈이 하나 생겼어."

"누굴 말하시는 겁니까?"

"지금 원이의 행세를 하는 그놈에 대해."

혁련휘의 말에 환야가 애매한 표정을 지었다.

제아무리 비파월이라 해도 이것까지 알아낼 수 있을 리가 없다.

얼굴도 똑같고, 신분마저도 소교주로 있는 지금 다른 누구를 의심할 수 있단 말인가.

환야가 물었다.

"지금 이 상태로는 좀 애매하지 않을까요? 아무런 단서가 없는데 뒤를 캐기에는……."

"단서가 왜 없어. 놈의 진짜 이름과 신분을 아는데."

"예?"

혁련휘의 말에 환야뿐만이 아니라 비설과 부의민 또한 놀란 듯 눈을 치켜떴다.

소교주 행세를 하는 그자의 진짜 이름과 신분을 어찌 알았단 말인가.

그의 말이 사실이라면 비파월을 통해 그자에 대해 알아내는 건 일도 아니었다.

환야가 다급히 물었다.

"그놈에 대해 아셨다고요? 어떻게요?"

"원이의 습관이나 버릇을 가장 잘 아는 사람이 누구라고 생각해."

"글쎄요. 너무 광범위한데요. 그래도 가까이 있는 사람일 확률이 높겠죠? 자그마한 습관이나 버릇은 오래 같이 있어야 알게 되는 경우가 많으니까요."

"맞아. 그런데 그놈은 습관과 버릇뿐만이 아니라 머리 모양도, 덩치도 원이와 똑같아. 이게 말하는 게 뭘까? 거기다가 무공 또한 흉내 낼 수 있는 자라면?"

"음……."

잠시 고민하던 환야는 이내 머리가 아프다는 듯 미간을 꾸욱 누르고는 이내 고개를 절레절레 저었다.

"그 모든 게 겹치는 자가 있기나 합니까? 전혀 모르겠는데요."

"있지, 단 한 명."

"그게 누굽니까?"

환야의 질문에 혁련휘가 잠시 예전의 기억을 더듬으며 입을 열었다.

"정천(定天)."

"정천이요? 처음 들어 보는 이름인데요?"

"당연하지. 그림자로 살아가던 놈이니만큼 이름이 알려질 기회가 없었거든."

"그림자라면 설마……?"

"맞아. 그림자 무사야."

그림자 무사.

고귀한 위치에 있는 이들만이 지니고 있는 무사로 통칭 그림자 무사라 불리는 존재들.

그들의 임무는 단 하나다.

위급한 순간 자신들의 주인인 것처럼 위장해 대신하여 죽는 것.

그리고 그러기 위해 그림자 무사들은 그 주인의 겉모습도 최대한 비슷하게 꾸미고, 무공도 어느 정도 따라 익힌다.

그래야만 주인 행세를 하면서 대신 죽는다 해도 잠시나마 시간을 벌 수 있으니까 말이다.

놀란 듯 입을 떡 벌리고 있는 일행들을 둘러보며 혁련휘가 말했다.

"원이의 그림자 무사였던 놈이, 바로 정천 그자다."

*　　*　　*

그 시각 비파월에는 환야보다 먼저 찾아온 한 명의 손님이 있었다.

업무를 보고 있던 서평은 마교 내부에 있는 비파월 비밀 지부를 찾아온 상대를 보고는 놀란 듯 자리에서 벌떡 일어났다.

비밀 지부를 찾아온 그는 무척이나 평범해 보이는 사내였다.

서평보다 대여섯 살 정도 많아 보이는 얼굴에 서글서글해 보이는 인상까지.

웃는 얼굴로 들어온 그는 바로 비파월 수장, 통칭 월령이라 불리는 인물.

놀란 서평이 그를 향해 포권을 취했다.

"월령을 뵙습니다."

"이야, 오랜만이군. 잘 지냈는가? 서 지부장."

서글서글해 보이는 인상만큼 웃는 게 잘 어울리는 월령이 가까이 다가와 그의 어깨를 두드렸다. 그런 그의 행동에 서평이 송구스럽다는 듯 고개를 조아렸지만, 그의 머릿속은 생각보다 복잡했다.

'월령께서 움직이셨다. 이분이 돈도 안 되는 일에 굳이 발걸음을 하지는 않으실 터.'

정보를 사고파는 최고의 집단에서 한 지부를 맡았을 정도로 서평은 능력 있는 자였다. 그만큼 머리 회전이 빨랐고, 상황 판단에도 능했다.

월령이 이곳에 온 이유를 단번에 알아차린 것이다.

서평이 조심스럽게 물었다.

"바쁘신 월령께서 이곳까지 귀한 걸음을 하신 이유는…… 마교의 대공자 때문이십니까?"

훅 하고 찌르고 들어오는 서평의 말에 월령은 가볍게 웃어 보였다. 그러고는 자신의 앞에 있는 서평의 어깨를 괜스레 더 두어 번 두드리며 너털웃음을 터트렸다.

"거참 사람도 급하기는. 자리에라도 좀 앉고 재촉하게나."

"아, 이런. 죄송합니다. 저리로 가시지요."

"그러지."

서평의 안내를 받으며 한쪽에 위치한 탁자로 향한 월령이 이내 자리에 걸터앉았다.

그는 앞에 놓여 있는 찻잔에 알아서 차를 채우고는 그 맛을 음미했다.

입 안에 머금었던 차 맛이 생각보다 좋아서일까?

놀란 듯 눈을 치켜뜨며 월령이 말했다.

"처음 먹어 보는 차인데 생각보다 맛이 좋군."

"마교에는 중원에 알려지지 않은 좋은 차들이 제법 많더군요."

"그런가? 나중에 기회가 되면 내게도 좀 보내게. 이 좋은 걸 혼자서만 즐기지 말고. 하하!"

기분 좋다는 듯 웃던 월령.

그렇지만 이내 그런 월령의 입가에서 미소가 걷히며 표정 또한 진지하게 돌변했다.

그런 월령의 모습에 서평 또한 마찬가지로 공손한 자세로 그의 말을 기다렸다.

월령이 물었다.

"자네 또한 알고 있으니 숨기지 않겠네. 그대의 예상대로야. 내가 이곳에 온 이유는 바로 마교의 대공자 때문이지. 그래도 나름 옆에서 오랜 시간 봐 왔으니 그에 대해 어느 정도 알 것 아닌가."

"물론입니다. 속내를 터놓는 사이는 아니라고 해도 대공자라는 사내에 대해 어느 정도 제 나름의 판단이 끝난 상태입니다. 그런데 그건 어째서 물으시는 겁니까?"

되묻는 서평을 향해 월령이 가볍게 미소를 머금은 채로

찻잔을 입에 가져다 댔다. 그러고는 이내 차를 한 모금 마시고는 천천히 말했다.

"정해야 하니까."

"무엇을요?"

월령이 찻잔을 내려놓고는 의미심장한 표정으로 말을 받았다.

"누구의 편에 붙어야 할지 말이네."

"설마 대공자를 버리실 생각이십니까?"

"내 판단은 그게 낫다고 보여. 다만…… 그 전에 자네의 의견을 묻고자 해서 왔네. 서평 자네는 과연 우리가 어느 쪽에 정보를 파는 게 비파월을 위해 낫다고 생각하는가?"

"……."

대답하지 못하는 서평을 향해 월령이 보다 확실하게 물었다.

"마교에서 벌어지고 있는 그 싸움의 승자, 자네가 한번 누가 될지 말해 보게나. 자네의 대답을 듣고 정할까 하네. 대공자를 버릴지, 아니면 그의 손을 계속해서 잡을지를."

서평은 대답하지 못했다.

쉬운 대답이 아니다. 마교 대공자와 그를 적대시하는 칠대천과의 싸움. 어찌 보면 천하의 패권을 놓고 벌어지는 싸움이다.

그 싸움의 결과에 대한 것만으로도 선불리 말하기 힘든데 하물며 이 대답에 따라 비파월의 운명이 바뀔지도 모른다.

그랬기에 서평은 신중할 수밖에 없었다.

서평은 말없이 생각에 잠겼고, 그런 그를 월령 또한 묵묵히 기다려 줬다.

그렇게 이어지던 긴 고민의 끝.

생각을 정리한 서평이 조심스레 이야기를 시작했다.

"제 생각에는……."

* * *

마교 내부에 있는 비파월 비밀 지부를 찾았던 그들의 수장 월령이 사라진 지 대략 일각 가까운 시간이 지났을 무렵.

그곳으로 혁련휘의 명을 받은 환야가 고개를 들이밀었다.

익숙한 장소, 그렇지만 이상하게도 오늘따라 다소 분위기가 뜬 느낌을 잔뜩 풍겼다. 바삐 움직이는 이들을 보며 환야가 고개를 갸웃했다.

'뭔가 좀 부산스러운데.'

비밀 지부답게 이곳은 눈에 띄지 않기 위해 항상 주의를 기울이곤 한다.

바깥에서 보기엔 평범해 보이는 장원, 이곳이 혁련휘의

눈과 귀가 되어 주는 비파월의 비밀 지부라는 걸 아는 이는 오로지 자신들뿐이다.

만약 그 같은 사실이 알려졌다면 이곳이 멀쩡할 수 없는 상황.

환야는 가짜 혁리원 행세를 하는 그자의 정체가 정천이라는 자임을 혁련휘를 통해 전해 들었다. 그리고 혁련휘의 명에 따라 정천이라는 인물에 대한 조사와 혹시나 있을지 모를 만보신면에 관한 정보를 얻기 위해 이곳에 온 것이다.

환야는 언제나처럼 곧바로 서평이 있는 곳으로 발걸음을 옮겼다.

아무렇지 않게 문을 열고 안으로 걸어 들어간 환야가 자리에 앉아 있는 서평을 향해 반갑게 손을 들어 올렸다.

"여어."

"……오셨군요."

환야가 올지 몰랐는지 서평이 다소 놀란 얼굴로 그를 맞았다.

평소 여유가 넘치는 서평과는 미묘하게 다른 반응에 환야는 다시금 의아해했다.

환야가 방 한곳에 있는 탁자로 걸어가 앉으며 물었다.

"뭐야? 무슨 일 있어? 오늘따라 여기 분위기가 평소랑 좀 다른데."

"무슨 일은요. 아무런 일도 없었습니다."

서평의 대답에 고개를 끄덕이던 환야는 이내 탁자 위에 놓여 있는 찻잔을 발견했다. 마치 마주 보는 듯이 놓여 있는 두 개의 찻잔.

혼자서 두 개의 찻잔을 쓰지는 않았을 터, 그 말은 곧 누군가 이곳에 찾아왔었다는 사실을 증명해 주고 있었다.

그리고 그 찻잔을 발견하는 순간 환야의 표정 또한 슬그머니 변했다.

예전 학관에 있을 때였다면 이렇게 다른 이의 찻잔이 있는 게 문제가 아니었다.

하지만 지금은 아니다.

이곳이 어디인가?

마교 내에 있는 비밀 지부로 오직 혁련휘만을 위해 움직인다.

다른 어떠한 손님도 받지 않고, 비파월 내부에서도 극소수만 아는 비밀 거점이다.

그런 곳에 누군가가 찾아왔다?

환야가 나지막한 목소리로 입을 열었다.

"누군가…… 왔었나 보네."

환야의 눈이 향한 곳에 있는 두 개의 찻잔. 서평은 솔직하게 고개를 끄덕였다.

"예, 잠시 저희 비파월의 수장께서 다녀가셨습니다."

"수장이 다녀갔다라……."

환야의 머리가 빠르게 굴러가고 있었다.

과연 이런 시기에 다른 이도 아닌 비파월의 수장이 마교의 외성이기는 하나 이곳까지 왔다 갔다고 한다. 이게 그저 우연일까?

아니, 그런 우연은 있을 리가 없다.

하물며 정보를 사고파는 비파월의 수장씩이나 되는 자가 지금의 마교 정세를 모르지는 않을 터.

의자에 기대어 앉은 채로 환야가 물었다.

"시기가 시기인데 그냥 놀러 온 건 아닐 테고."

"저희 수장님 생각보다 바쁘신 분입니다. 놀러 이렇게 먼 마교까지 오시지는 않았겠지요."

"그럼 뭐지? 우리 때문인가?"

말을 내뱉은 환야가 품에 있는 비수 한 자루를 꺼내 장난치듯 던졌다 받았다를 반복했다.

가벼워 보이는 행동, 그렇지만 결코 그 속까지 그렇진 않았다.

돌려 말을 하고 있지만 실상 이야기하고 싶은 건 하나였으니까.

그 순간 멀리에 있던 서평이 자리에서 일어나 환야가 있는 탁자의 맞은편에 앉았다.

그가 환야를 응시하며 곧바로 답했다.

"맞습니다. 대공자님의 일로 찾아오신 겁니다. 상황이 이리된 지금도 계속해서 대공자님의 손을 잡아야 할지, 아니면 위험한 손을 뿌리쳐야 할지 결정을 내리기 위해서 오셨습니다."

예상했던 대답에 환야가 픽 웃었다.

그래서였나?

이상하게 붕 떠 있는 듯했던 비밀 지부 내부의 분위기나, 뭔가 어색해 보였던 서평의 표정까지.

환야 또한 모르는 바는 아니다.

지금의 상황, 굳이 자신들의 손을 잡고 함께 침몰할 이유가 없는 비파월이라는 것도.

원망은 하지 않았다.

애초부터 돈으로 맺어진 사이, 그래도 나름 친해졌다 생각했는데 이처럼 휙 돌아서는 게 못내 얄밉기도 했지만…… 입장이 다르니까. 그런 그들에게 자신과도 같은 희생을 강요할 순 없었다.

환야가 괜찮다는 듯 고개를 끄덕였다.

"좋아, 뭐 서로 입장 차이가 있으니 이해할게. 그런데 하나만 부탁하면 안 될까?"

"부탁이라니요?"

"이거."

환야가 꺼내어 든 건 혁련휘가 적어서 준 서찰이었다.

가짜 소교주 행세를 하는 정천에 대해 조사해 달라는 내용과, 기타 이런저런 것들에 대해 적혀 있는 서찰이다.

탁자 위에 올려 있는 서찰을 서평이 가만히 바라보고 있자 환야가 말을 이었다.

"아, 그냥 부탁하는 거 아냐. 대신 나 또한 하나 보답할게."

말을 마친 환야가 이번엔 손에서 가지고 놀던 비수 하나를 서찰 옆에 툭 하고 던져 놓았다.

갑작스러운 환야의 행동에 서평이 눈을 동그랗게 뜨고 물었다.

"이 비수는 뭡니까?"

"지금 말고 나중에라도 누구 죽이고 싶으면 말해. 내가 죽여 줄게. 상대가 아무리 강한 자라고 해도 반드시. 이 비수가 그 증표가 되어 줄 거야."

"흐음."

환야의 제안에 서평이 뜻 모를 미소를 머금더니 이내 천천히 탁자 위에 놓여 있는 그 비수를 향해 손을 뻗었다.

그러고는…….

툭.

갑자기 손등으로 탁자에 놓여 있는 비수를 쳐 냈고, 이내 그 비수는 바닥으로 떨어져 내렸다.

생각지도 못한 서평의 행동에 환야가 그를 바라볼 때였다. 그가 여전히 탁자 위에 손을 올린 채로 말을 이었다.

"그 제안 거절하지요. 아쉽게도 전 워낙 선하게 살아서 죽이고 싶은 사람이 없거든요. 그 제안은 제게 전혀 구미가 안 당기는군요."

"칫, 매정하긴. 그래도 함께해 온 시간이 있는데 이 정도는……"

"제 이야기 아직 안 끝났습니다."

서평이 평소답지 않게 환야의 말을 자르며 들어왔다. 그런 모습에 환야가 그에게 이야기해 보라는 듯 고개를 끄덕였다.

그리고 그런 환야와 마주한 서평이 입을 열었다.

"그분이 제게 결정권을 주셨습니다. 그리고 전……."

비수를 쳐 낸 채로 탁자를 짚고 있던 그 손이 곧 옆에 있는 서찰을 향해 움직였다. 그러고는 이내 서평이 서찰을 움켜쥐었다.

갑작스레 서찰을 움켜쥔 그의 모습에 환야가 놀란 듯 그를 바라볼 때였다.

서찰을 쥔 그가 침착하게 말을 이었다.

"대공자님에게 걸었습니다."

*　　*　　*

환야가 오기 직전.

긴 침묵을 이어 가던 서평이 마침내 비파월의 수장 월령에게 자신의 속내를 말하기 시작했다.

"제 생각에는……."

말을 막 꺼냈던 서평이 잠시 마른침을 삼키고는 곧바로 말을 이었다.

"대공자의 손을 잡으셔야 합니다, 월령."

"……진심이야?"

"예. 비파월의 미래가 걸린 이 일에 농담을 할 리가 없지 않습니까."

"알아. 아는데…… 그래도 이해가 안 되네. 이 싸움 누가 봐도 대공자가 질 거야. 이미 분위기도, 기세도 다 칠대천 쪽으로 흐르고 있어. 그나마 변수라고 해 봤자 교주 혁무조뿐인데 그의 몸이 완전히 낫기 전에 지금 이 분위기를 바꿀 수 있을까? 결국 시간은 흐를 거고 혁무조는 점점 마교 내에서 힘을 잃어. 그렇게 되면 누가 이기게 될까? 칠대천이야. 내 계산은 그래."

"저 또한 계산으론 그렇습니다. 다만……."

"다만?"

"제 감이…… 대공자에게 걸라 말하고 있습니다."

"감? 자네도 그런 걸 믿는 사람이었는가? 우리 같은 정보 집단에게 중요한 건 정확한 분석이야. 그런 감으로 움직이다니 자네답지 않게……"

"압니다. 그렇지만 그저 단순히 도박에 가까운 감이 아닙니다."

"그러면?"

"월령의 말씀대로입니다. 전 그를 아니까요. 그를 알기에 내릴 수 있는 감입니다. 그러니 분석으로 인해 내리게 된 감이라고 봐야 하겠군요."

"대공자를 안다?"

"네. 저도 그를 알지 못했다면 이런 감 따위 깨끗이 무시했을 겁니다. 하지만 곁에서 대략 일 년 정도 봐 온 대공자 혁련휘라는 사내는…… 단순한 계산으로 답을 내릴 수 있는 존재가 아닙니다."

"그것만으로는 설득력이 부족하지 않은가?"

대공자 혁련휘라는 자가 뛰어나다는 건 인정한다. 그렇지만 그것만으로 비파월의 미래를 걸기엔 너무 위험이 크다.

그런 그를 향해 서평이 더욱 많은 속내를 드러내기 시작했다.

“반년 전이라면 생각이라도 해 보셨습니까? 고작 한 명의 사내가 마교로 돌아와 칠대천들을 발칵 뒤집을 거라는 걸. 아주 잠시였다고는 하지만 대공자는 자신과 적대시하는 칠대천들과 거의 대등하기 직전까지 세력을 모았습니다. 그러는 데 걸린 시간이 고작 두 달 남짓입니다.”

“……그래서?”

“궁금하지 않으십니까? 만약 그에게 일 년이라는 시간이 주어진다면. 아니, 그보다 더 긴 시간이 주어진다면 과연 이 강호는 어떻게 변할까요?”

“어찌 될 거라 생각하는데?”

월령의 물음, 그리고 그런 그의 물음에 서평이 자신의 속내를 담담하니 밝혔다.

“그의 의지. 그것이 바로 강호가 될 것입니다.”

그 말을 듣는 순간 월령은 아무런 말도 하지 못했다.

소름이 돋았으니까.

그의 의지? 한 사람의 의지가 강호가 된다?

강호란 무엇인가.

현재를 살아가는 수많은 무인들이, 그리고 과거를 살다 갔고 앞으로를 살아갈 그들이 만들어 가는 세상. 그 세상의 모습을 그저 한 사람의 의지로 만들어 낸다라…….

"그만큼…… 대단한 자인가?"

"예. 항상 계산으로만 움직이는 제게 헛된 꿈을 꾸고 싶게 만들 정도로 대단한 자입니다."

서평의 말을 들은 월령이 지그시 눈을 감았다.

많은 생각들이 머리를 스치고 지나간다. 비파월의 수장으로서 책임을 져야 할 수많은 이들의 운명이 어깨를 무겁게 내리눌렀다.

그랬기에 신중해야 했다.

생각, 또 생각.

그렇게 눈을 감은 채로 생각에 잠겼던 월령이 서서히 눈을 떴다. 그리고 월령의 맞은편에는 대답을 기다리고 있는 서평이 있었다.

월령이 그를 향해 말했다.

"자네를 한번 믿어 보지."

* * *

"……우리 편에 서겠다고?"

"예. 뭐 문제라도 있습니까?"

"아니, 누가 봐도 상황이 우리한테 안 좋잖아."

"그렇죠."

"그런데 이득에 따라 움직이는 비파월이 우리를 돕는다고?"

비파월은 어딘가 속한 이들이 아니다.

의리나 인연, 이런 것보다는 실속에 따라 움직이는 이들.

그랬기에 더 믿을 수 있었고, 또 반대로 언제든 등 뒤에서 칼을 꽂을 수 있는 존재이기도 했다.

듣고서도 믿을 수가 없는지 환야가 되물었다.

"그럼 대체 이곳 거점 분위기는 왜 그랬던 건데? 분주하게들 뭔가 하는 눈치던데."

"전시 체제니까요. 저희도 만약 있을 최악의 상황을 대비하여 모든 정보망을 가동시키기로 결정을 내렸습니다."

"그러면 넌 왜 그렇게 어색해 했는데?"

"제가요? 전혀요. 그냥 환야 당신께서 그렇게 착각하신 것 같은데요."

"허어."

시치미를 뚝 떼는 서평을 보며 환야가 허탈한 듯 한숨과 웃음이 뒤섞인 묘한 소리를 토해 냈다.

기가 차다는 듯한 표정을 짓고 있는 환야를 바라보던 서평이 이내 자신의 손에 쥐어진 서찰을 그의 눈앞에서 흔들어 보였다.

그제야 환야의 시선이 자신에게 향했고, 눈을 마주친 서평이 확고한 어투로 말했다.

"그러니까 이 의뢰는 받을 겁니다. 그리고 마지막도 아니고요. 이렇게 돈 되는 손님을 돈벌레인 제가 놓칠 것 같습니까? 대공자님은 평생 저희 비파월의 든든한 돈줄이 되어 주셔야 됩니다."

얄미워 보이게 말을 하고 있지만 어찌 그 속내를 모를까.

모두가 등을 돌릴 법한 이런 상황.

이런 상황에도 떠나지 않고 옆에서 힘이 되어 주는 이런 이들이야말로 진정한 동료라 불러도 손색이 없을 게다.

그것이 설령 진짜 서평의 말대로 돈 때문이라 할지라도 고마운 건 사실이었다.

환야는 자신 앞에서 여전히 서찰을 흔들고 있는 서평을 물끄러미 바라봤다.

한 번도 이자를 동료라 생각해 본 적이 없었다. 그저 돈에 의해 맺어진 인연, 딱 그 정도로만 여겼다.

허나 지금 이 순간만큼은 아니다.

환야가 진심을 담아 마음을 전했다.

"고맙다, 서평."

"고맙긴요. 전 그저…… 확률에 걸었을 뿐입니다."

서평이 빙긋 웃으며 대답했다.

6장. 접점

— 우연일 수 없다

칠대천들은 계속해서 움직였다.

승기를 잡은 지금 더 몰아쳐서 마교의 모든 권력을 자신들의 손에 넣기 위해서. 적대시하고 있는 혁련휘의 기반이 되어 주는 세력들의 돈줄을 잘랐고, 또 압박해 갔다.

묵룡천가를 필두로 하여 움직이는 칠대천과는 대조적으로 혁련휘는 잠잠했다.

겉보기엔 모든 걸 포기한 듯한 인상까지 줄 정도. 그렇지만 그것은 바깥에서 봤을 때의 이야기다. 비밀스레 혁련휘 또한 다방면으로 반격을 준비하고 있었다.

그리고 그 반격은 비설과 환야에서부터 서서히 시작되려

하고 있었다.

혹시 연락이 왔을지 모른다며 자리를 비운 비설과, 비파월에게서 연락이 왔다며 그곳으로 간 환야를 제한 나머지 일행만이 혁련휘의 장원에 자리하고 있었다.

달치는 땅바닥 한쪽에 널브러진 채로 코까지 골며 잠에 빠져 있는 상황, 혁련휘의 시선이 막 방에 들어와 자리에 앉는 부의민에게로 향했다.

혁련휘가 흑랑방과의 연락을 담당하고 있는 부의민에게 물었다.

"방금 전에 흑랑방에서 사람이 다녀갔다던데?"

혁련휘의 질문에 부의민이 고개를 끄덕이고는 대답했다.

"장룡한테서 연락이 왔는데 내부 정리를 끝냈다더군. 그리고 이제 이삼일 이내에 자신의 딸을 방주 자리에 앉히겠다고 하더라."

"그래도 명색이 칠대천인데 생각보다 어렵지 않게 정리를 끝냈군."

"뭐 사실 흑랑방의 방주는 아니었지만 장룡이 거의 이끌다시피 하던 곳이니까. 오히려 지금 우리 상황이 안 좋다 보니 잡음 없이 정리하려고 더 시간이 걸렸다고 봐야지."

전대 방주였던 만휘양이 혁련휘에게 죽고, 자신의 수양딸을 위해 장룡은 칼을 뽑아 들었다. 애초부터 장룡이 나선 이상 흑랑방의 주인은 그의 뜻대로 정해지게 될 거라는 건 당연히 예상했던바, 그저 시간의 문제였을 뿐이다.

긴말을 뱉어 냈던 부의민이 조심스레 장룡의 말을 전했다.

"딸을 방주 자리에 앉히고 나면 그 이후부터는 더 본격적으로 우리를 돕겠다고 전해 달라더군."

"흐음."

혁련휘가 작게 고개를 끄덕였다.

휘하로 들어온 두 개의 칠대천 중 마혈적가만이 지금까지 전면에서 혁련휘를 도왔다. 그렇지만 이제부터는 내부 정리를 끝낸 흑랑방 또한 그를 돕기 위해 움직일 것이다.

물론 지금 상황에서 흑랑방이 본격적으로 돕는다고 한들 전세를 바꿀 수는 없다는 건 혁련휘 또한 잘 알고 있었다.

자신과 적대시하고 있는 그들을 무너트리기 위해서는 그들이 지니고 있는 정통성이라는 명분, 즉 가짜 혁리원의 정체를 밝혀내는 것뿐이다.

그리고 그걸 해내기 위해서는 비설이든 환야든 뭔가 정보를 구해 와야만 하는 상황이었다.

혁련휘가 기대어 앉은 채로 슬쩍 문 쪽을 바라봤다.

연락이 왔다며 나섰던 환야, 혹시 모른다며 자리를 비운 비설까지.

'둘 중 하나라도 뭔가를 알아 오면 좋겠는데.'

적으로 서 있는 이들과의 싸움에서 혁련휘는 여유를 잃지 않았다.

그렇지만 그 또한 알고 있다.

승패를 가르는 건 시간이다.

자신들이 가짜를 밝혀내느냐, 아니면 이대로 시간이 끌려 그 가짜가 진짜가 되어 버리고 마느냐 하는 싸움.

그렇게 자리를 비운 두 사람을 기다리는 혁련휘의 거처로 누군가가 빠르게 다가오고 있었다.

그리고 그자의 정체는 아쉽게도 혁련휘가 기다리는 두 사람 중 하나가 아니었다.

탕탕.

문을 두드리는 소리에 잠을 자고 있던 달치가 눈을 번쩍 떴다. 그리고 혁련휘의 맞은편에 자리하고 있던 부의민은 살짝 표정을 찡그렸다.

"이 밤에 대체 누구야?"

굳이 확인하지 않아도 비설이나 환야가 아님을 부의민은 알고 있었다.

두 사람이라면 굳이 문을 두드릴 필요가 없었을 테니까.

그걸 알기에 부의민은 짜증 섞인 표정으로 자리에서 일어났다. 자리에서 일어난 부의민은 곧바로 방을 나와 장원의 입구로 향했다.

부의민이 문가에 서서 입을 열었다.

"누구십니까?"

"비마전(飛魔殿)에서 왔습니다."

비마전이라는 말에 부의민이 고개를 갸웃했다.

비마전은 다름 아닌 마교의 수많은 대소사(大小事)들과 그에 관련된 제사나 행사들을 관장하는 곳이다. 그런 곳에서 갑작스레 자신들을 찾아왔으니 부의민의 입장에서는 이상할 수밖에 없었다.

비마전에서 보낸 사람이라는 말에 부의민은 문을 열었고, 바깥에서는 갓 스무 살 정도 되어 보이는 젊은 무인 하나가 자리하고 있었다.

그가 부의민을 향해 황급히 포권을 취하며 재차 말했다.

"대공자님 안에 계시는지요?"

"계시긴 한데…… 무슨 일이오?"

"다름이 아니오라 서찰을 한 장 전해 드리러 왔습니다."

"비마전에서 말이오?"

"예, 이번 춘절(春節: 설) 행사 때문에 긴히 부탁드릴 일이 있다며 이 서찰을 전하라 명 받았습니다."

말을 하며 젊은 사내가 조심스레 서찰 하나를 꺼내어 들었다. 그러자 부의민은 재빠르게 그것을 낚아채듯이 그자의 손에서 빼앗아 버렸다.

그런 부의민의 행동에 젊은 사내가 당황스러운 표정을 지어 보였다.

부의민이 입을 열었다.

"이 서찰 내가 전해드리겠소."

"하오나 직접 대공자님을 뵙고……."

다급히 말하는 사내를 바라보는 부의민의 시선이 싸늘하게 변했다.

부의민이 말했다.

"당신, 대공자님과 약속이라도 잡았소?"

"아, 아닙니다."

"그럼 이렇게 막 찾아와서 말한다고 하여 만나 줄 정도로 대공자님이 하찮은 분이시오?"

"그게 아니오라 상부에서 반드시 직접 대공자님께 서찰을 전하라고……."

젊은 사내가 다급히 말을 이어 나갈 때였다.

싸늘했던 부의민의 눈에 노기가 어렸다. 그의 어투가 돌변했다.

"상부? 지금 네가 말하는 상부가 비마전을 말하는 것이렷다? 대체 언제부터 비마전 따위가…… 대공자님에게 직접 서찰을 받아라 마라 말할 정도가 되었지?"

순식간에 살기를 뿜어내는 부의민의 모습에 젊은 사내의

안색이 새하얗게 질렸다. 이 사내가 감당하기에 부의민의 힘은 너무나 컸다.

채 말도 잇지 못하고 부들부들 떠는 상대를 바라보던 부의민이 천천히 살기를 거뒀다.

어차피 이자는 시켜서 온 것뿐이라는 걸 잘 알았으니까.

그럼에도 불구하고 이토록 살기를 뿜어낸 것은 혁련휘의 위신을 지키기 위해서다.

혁련휘를 옆에서 보좌하는 부의민의 입장에서 그의 권위를 지켜 주는 건 가장 먼저 생각해야 할 일 중 하나였다.

부의민이 서찰을 쥔 채로 경고했다.

"물러나시오. 이것이 내가 당신에게 해 줄 수 있는 마지막 배려요."

말을 마친 부의민은 더는 들을 것도 없다는 듯이 반보쯤 안으로 들어와 있던 그를 거칠게 밀치고는 그대로 장원의 문을 닫아 버렸다.

비마전에서 보낸 사람을 아무렇지 않게 쫓아낸 부의민은 곧바로 몸을 돌려 혁련휘와 달치가 기다리고 있는 방으로 돌아왔다.

별다른 말을 하지 않았지만 혁련휘는 바깥에서 들려온 모든 대화 소리를 들은 터, 이미 무슨 일이 있었는지 전부 파악한 상태였다.

혁련휘가 별다른 질문 없이 손을 내밀며 말했다.

"서찰."

부의민은 곧바로 가지고 들어온 서찰을 건넸고, 조용히 그의 다음 행동을 기다렸다.

서찰을 건네받은 혁련휘는 곧바로 그것을 펼쳐 안의 내용을 살폈다.

그렇게 천천히 서찰을 읽어 내려가던 혁련휘의 눈초리가 슬며시 가늘어졌다.

'……무슨 속셈이지?'

서찰의 내용은 이걸 가지고 온 자가 말했던 것처럼 춘절에 대해서였다. 그리고 짐작하기로 단순히 당시에 있을 행사에 대한 안내 정도라 생각했는데…….

가만히 서찰을 접어 내려놓는 혁련휘를 바라보던 부의민이 은근슬쩍 물었다.

"무슨 일인데 그래?"

"내가 이번 춘절 행사의 총책임자가 되었다는군."

"엥?"

춘절은 새로운 해를 맞는다는 점에서 무척이나 중요한 명절이다. 그리고 그건 마교에서도 마찬가지였다.

연례행사 중에 가장 중요한 걸로 꼽히는 것이 바로 이 춘절이니만큼 그때는 마교 바깥으로 나가 있던 이들까지 돌아와 자리할 정도다.

그런 중요한 행사인 만큼 책임자는 마교 내에서도 높은 위치에 있는 자가 맡는 게 관례.

거기까지만 보면 이상할 건 없지만…… 과연 그게 전부일까?

부의민이 입을 열었다.

"좀 이상한데. 이런 시기에 총책임자를 너한테 맡긴다? 뭔가 구린내가 좀 나는 것 같은데."

"동감이야."

바보가 아닌 이상 이 춘절 행사의 뒤에 감춰진 꿍꿍이가 있을 거라는 것 정도는 직감할 수 있었다.

그게 아직까지 무엇인지는 알 수 없었지만…….

춘절 행사의 총책임자가 되었다는 서찰에 잠시 신경이 쏠려 있는 그때, 비파월로 떠났던 환야가 돌아왔다.

"대장!"

다급히 방 안으로 뛰어 들어오던 환야가 이내 뭔가 심각한 표정으로 앉아 있는 일행들을 보고는 이상하다는 듯이 물었다.

"뭐야? 분위기 왜 이럽니까?"

환야의 물음에 혁련휘가 대답하기도 귀찮다는 듯이 손가락으로 탁자 위에 올려 둔 서찰을 가리켰다. 그런 혁련휘의 행동에 환야가 곧바로 서찰을 확인했다. 그리고 서찰을 읽어 내려가던 그의 표정도 마찬가지로 굳어 가기 시작했다.

서찰을 다 읽은 환야가 중얼거리듯이 말했다.

"뭔 일을 벌이려고 하는군요."

"아마도. 그나저나 비파월에 갔던 일은?"

"아, 저희가 했던 의뢰에 대해 조사가 끝났다고 하더군요. 그런데…… 문제가 하나 있습니다."

"문제?"

"네, 우선 보셔야 할 것 같습니다."

말을 마친 환야가 품에 넣어 두었던 수십 장으로 된 서찰 하나를 꺼내어 내밀었다. 그리고 그 서찰을 받은 혁련휘가 안의 내용을 하나씩 살폈다.

그곳에는 십여 명에 달하는 이들의 신상 명세가 적혀 있었다.

태어난 곳에서부터 활동했던 모든 정보에 대해.

그리고 당연히 그들은 모두 죽은 사람으로 처리가 되어 있었다.

사실 그림자란 드러나서는 안 되는 존재, 그랬기에 죽은 걸로 처리하고 비밀리에 그림자로 살아가는 게 관례이기도 했다.

수많은 이들의 이름을 확인한 혁련휘가 물었다.

"뭐 이렇게 많아?"

"그게 문젭니다. 소교주님의 그림자인 만큼 꽤 많은 후보가 있었던 모양입니다. 그리고 당연히 그중에 누가 뽑혔는지도 알려지지 않았고요. 그나마 가능성 있는 자들로 추리고 추려서 진짜일 확률이 높은 걸로 가져온 게 그겁니다."

"끔찍하군."

위급한 순간 소교주를 대신해야 하는 임무를 띤 만큼 그 정체나 신분이 정확하게 드러나지 않았기에 비파월로서도 당장에 알아낼 수 있는 건 이 정도가 한계였던 모양이다.

이보다 더 많은 걸 알아내기 위해서는 과연 얼마의 시간이 걸릴까?

직접 뛰어 봐야 할 것들이 부지기수였고, 각 후보들은 중원 곳곳에 퍼져 있었다.

분명 적지 않은 시간이 소요될 일.

그때 환야가 조심스레 말했다.

"대장, 그리고 비파월에서 알아 온 사실인데 요즘 천위극이 부쩍 마교 고위직에 위치한 이들을 만나고 다닌답니다."

"이유는?"

"소교주의 위치를 보다 공고히 하기 위해 공개적으로 다음 후계자로 지목되기를 바란답니다. 아마 조만간 움직일 것 같습니다."

환야의 말에 혁련휘는 고개를 끄덕였다.

어느 정도 예상했던 일이기에 그리 놀랍지도 않다.

비마전에서 날아왔던 서찰을 아무렇지 않게 옆으로 밀던 혁련휘가 갑자기 움찔했다.

그가 작은 목소리로 중얼거렸다.

"공개적으로?"

환야가 말했던 말의 일부분을 중얼거리던 혁련휘의 눈동자가 점점 날카롭게 변하기 시작했다. 그런 혁련휘의 모습에 환야가 물었다.

"왜 그러십니까?"

환야의 질문에 혁련휘가 자리에서 벌떡 일어나 비마전에서 날아온 서찰을 펼쳤다. 그리고 이내 서찰을 바라보던 혁련휘가 뭔가를 깨달은 듯이 고개를 끄덕였다.

"……이거였군."

"이거라뇨?"

"뜬금없이 날 춘절의 총책임자로 삼은 거 말이야. 그거 자체가 내 발을 묶어 두기 위함이 틀림없어."

"대장의 발을 말입니까? 그들이 왜요."

환야가 물었고, 마찬가지로 부의민 또한 궁금하다는 시

선으로 혁련휘를 바라보고 있었다. 그런 둘을 향해 혁련휘가 자신이 지금 생각해 낸 하나의 가설을 이야기하기 시작했다.

"그들이 원하는 건 소교주의 자리를 더욱 많은 사람들 앞에서 공고히 하는 거야. 그리고 그럴 만한 자리가…… 바로 여기 있잖아."

"설마 춘절을 말씀하시는 겁니까?"

"맞아. 춘절의 행사에는 많은 이들이 모이지. 그들은 이 날을 기점으로 그 가짜를 교주의 진짜 후계자로 만들려고 할 거다. 그토록 많은 이들 앞에서 확실하게 자리매김할 수만 있다면 분명 엄청난 힘을 얻게 될 테니까. 그리고 혹시 모를 내 움직임을 최대한 옥죄기 위해 나에게 총책임자라는 자리를 내린 거지."

"맙소사."

혁련휘와 환야의 대화를 듣고 있던 부의민이 비명 어린 탄식을 짧게 내뱉었다. 혁련휘의 말은 분명 충분히 가능성이 있었다.

아니, 지금 상황에서 어쩌면 가장 확률이 높은 예측이라 봐야 옳다.

그랬기에 혁련휘는 머리가 아파 왔다.

'춘절까지 비파월에서 알아 온 많은 자들을 모두 조사하

는 건 무리야.'

춘절까지의 남은 시간은 고작 이십 일 남짓.

그 안에 이들을 조사하고, 인피면구로 추정되는 그 가짜 얼굴을 뜯어낼 방도를 찾는다?

현실적으로 불가능한 일이다.

그렇게 혁련휘의 수심이 깊어지고 있는 바로 그때 나갔던 비설이 모습을 드러냈다. 그녀 또한 방으로 들어오기 무섭게 뭔가 가라앉은 분위기를 느꼈는지 슬그머니 주변의 눈치를 살폈다.

그녀가 옆에 있는 부의민의 옆구리를 쿡쿡 찌르곤 물었다.

"무슨 일 있어요?"

"그게……."

부의민은 비설에게 방금 전에 있었던 일에 대해 설명해 줬다.

비마전에서 춘절의 총책임자로 임명한 것에서부터 그게 무엇을 의미하고 지금 환야가 가져온 정보에 대해서도.

긴 이야기에 비설이 고개를 끄덕거리고 있을 때 그녀에게 시선을 주고 있던 혁련휘가 물었다.

"너희 쪽에서 연락은?"

"아, 있긴 했는데요."

말을 하며 비설이 머리를 긁적였다.

그리 큰 정보가 아니어서 이걸 지금 말해야 하는지는 의문이었지만, 우선은 단서가 될 만한 것들을 긁어모아야 하는 상황이라 여긴 그녀가 말을 이었다.

"당시 만보신면이 사라지기 전에 마지막으로 만났던 사람 말로는 그가 호남성 냉수강(冷水江) 인근에 있는 신화라는 마을로 황급히 가야 한다고 했다더라고요. 제가 지금 알아 온 새로운 정보는 이게 답니다, 형님. 도움이 되지 못해 죄송해요."

비설은 말을 하고도 죄송하다는 표정을 지어 보였다.

알려지지 않은 사실인 건 분명하지만 만보신면이 모습을 감춘 지 엄청난 시간이 흘렀다. 당시였다면 모를까 지금 와서 이런 정보가 전혀 도움이 될 거라 생각지는 않았으니까.

하지만 그런 비설의 생각과 달리 그녀가 가져온 정보가 무엇인가와 맞물려 움직이기 시작했다.

"냉수강?"

혁련휘가 뭔가가 이상하다는 듯 자리에서 벌떡 일어나더니 환야가 가져온 서찰들을 탁자 위에 쫙 펼쳤다. 그러고는 빠르게 그 위를 눈으로 훑으며 뭔가를 찾기 시작했다.

이내 혁련휘의 시선이 서찰의 한 부분에 이르러 멈추어 섰다.

혁련휘의 입이 열렸다.

"혈영검(血影劍) 가후. 냉수강 하류 소양(邵陽)에서 임무 수행 도중 사망……."

혁련휘는 곧바로 지도를 펼쳐 들었다. 그의 손이 호남성으로, 그리고 냉수강이라 이름 붙어진 강줄기를 타고 천천히 내려오기 시작했다.

곧 혁련휘의 눈에 두 개의 마을이 동시에 들어왔다.

환야가 가져왔던 소양이라는 이름의 마을과, 비설이 말한 신화라는 마을이.

아주 가깝다고 할 수 없었지만 냉수강의 물줄기가 이어져 있고, 거리 또한 보통 무인이라면 이틀 정도면 충분히 주파할 수 있는 정도.

거기다 실력이 뛰어나다면 그보다 시간은 훨씬 단축될 것이다.

혁련휘가 다급히 물었다.

"비설, 그 만보신면이라는 자가 사라진 게 언제라고 했지?"

"십 년 정도 됐어요."

그 말을 듣는 순간 혁련휘는 확신할 수 있었다.

만보신면이 사라진 것도 냉수강 인근에 있는 마을, 그리고 환야가 알아 온 명단에서 죽은 자들 중 한 명이 목숨을 잃었다고 알려진 곳 또한 냉수강.

하나의 접점은 우연일 수 있다.

그렇지만…… 그게 둘이라면?

그 만보신면이 사라진 시기와, 서찰에 남아 있는 혈영검 가후라는 자가 죽었다 알려진 때.

장소에 이어 시기까지.

두 번째로 일치한다.

과연 두 개의 접점이 있는 것도 우연이라 할 수 있을까?

아니, 단언컨대 그럴 순 없다.

그것이 우연을 가장한 계략이 아니라면 말이다.

혁련휘가 환야가 가져온 서찰 중 한 장을 꺼내 그에게 내밀며 말했다.

"이놈이다."

이미 비설이나 환야, 부의민 모두가 혁련휘가 혈영검 가후라는 이름을 내뱉는 순간부터 그가 무슨 생각을 하고 있는지 알아차렸다.

환야는 혁련휘가 내민 서찰 한 장을 재빠르게 받으며 물었다.

"뭘 할까요?"

"비파월을 통해 더 정보를 수집해 줘. 가후라는 자의 가족 관계와, 그가 생전에 사 두었던 장소 등등 알아낼 수 있는 거라면 전부 다."

"알겠습니다."

"시간이 별로 없어. 기껏해야 삼 일. 그게 줄 수 있는 최선이라고도 전해."

혁련휘의 말에 환야의 머리에는 비명을 질러 댈 서평의 얼굴이 잠시 떠올랐다.

아마도 이처럼 촉박하게 일을 맡겼다며 갖은 불평을 토해 낼 것이다.

허나 죽는소리를 하면서 비파월은 이 임무를 완수해 낼 것이라는 것 또한 환야는 잘 알고 있었다.

그것이 바로 그들이 최고의 정보 집단이라 불리는 이유니까.

환야가 고개를 끄덕이고는 곧바로 다시금 비파월을 가기 위해 자리를 박차고 나갔다. 그리고 방에서 계속 시간만 축내고 있던 달치가 이내 심심했는지 환야를 뒤쫓았다.

갑작스럽게 일사불란하게 움직이는 이들을 바라보던 비설이 시선을 돌려 혁련휘를 바라봤다.

그녀가 웃는 얼굴로 말했다.

"별 대단치 않은 정보라 죄송했는데…… 다행이에요."

환야가 비파월을 통해 가져온 정보와, 비설이 정파를 통해 알아낸 사실. 각각으로만 놓고 본다면 크게 의미 있는 정보가 아니었다.

허나 놀랍게도 그 두 개가 하나가 되는 순간 여태까지 보이지 않았던 어둠 속의 무엇인가가 천천히 모습을 드러낸 것이다.

도움이 돼서 다행이라는 말을 내뱉는 비설을 바라보던 혁련휘가 슬며시 입을 열었다.

“대단치 않긴. 큰 도움이 됐다.”

과연 이 여인이 없었다면 지금 이 일의 타개책을 찾을 수 있었을까? 아니, 그걸 떠나 동생 원이의 마지막 유지조차 찾지 못했겠지.

지금 자신이 이 자리에 있는 것에 수많은 부분 일조한 것이 바로 비설, 그녀다.

어떻게 갚아야 할까?

이 수많은 고마운 마음들을.

도움이 됐다는 그 한마디가 그리도 좋은지 환하게 웃고 있는 비설.

그녀를 향한 혁련휘의 시선이 잠시 부드럽게 변했다가 이내 평소처럼 무표정하게 변했다.

비설과 환야가 가져온 정보들.

그 정보를 기반으로…… 칠대천, 그들을 무너트린다. 칠대천 너머에서 모습을 감추고 있는 정체불명의 존재들이 더는 숨을 수 없도록.

혁련휘의 진짜 적은 바로 그들이었으니까.

환야의 예상대로 혁련휘가 부탁한 의뢰를 넣자 비파월의 서평은 죽는소리를 해 댔다.

그렇지만 그것도 잠시, 그는 곧바로 정보망을 가동시켜 혁련휘가 부탁한 혈영검 가후라는 자에 대한 조사를 시작했다.

조사는 일사천리로 이루어졌다.

기본적으로 비파월이 지니고 있던 정보와, 그걸 기본으로 한 추가적인 세밀한 조사까지.

삼 일이라는 시간이 무척이나 빡빡하긴 했지만…… 결국 비파월과 서평은 해내고야 말았다.

혁련휘의 부탁대로 그들은 혈영검 가후라는 사내에 대해 살아 있을 때의 조사를 끝마친 것이다.

혹시 모를 다른 이의 눈을 피하기 위해 가능하면 환야만 이곳 비파월 비밀 지부에 보내왔던 혁련휘다.

그렇지만 사안이 워낙 중대했던 탓인지 그가 직접 환야와 함께 비밀 지부를 찾아왔다.

오랜만에 모습을 드러낸 혁련휘를 발견한 서평이 놀란 듯이 눈을 동그랗게 뜬 채로 말했다.

"중요하긴 중요한 일이셨나 봅니다. 직접 오신 걸 보니."

"됐고, 조사한 건?"

쓸데없는 이야기를 나눌 생각 따윈 없다는 듯 혁련휘가 말을 자르며 물었다. 그런 그의 태도에 서평은 준비해 두었던 것들을 꺼내 내밀었다.

두꺼운 책자 하나.

그것이 바로 비파월이 알아낸 혈영검 가후에 대한 정보였다.

혁련휘는 곧바로 책자를 펼치고 안의 내용을 빠르게 훑었다.

언제 태어났는지에서부터 어릴 때 마교에 들어오게 된 계기도. 그리고 어떻게 성장하고 또 어쩌다 최후를 맞이하게 됐는지까지 상세하게 적혀 있었다.

물론 혁련휘의 예상대로 가후가 혁리원의 그림자 무사였다면 많은 부분이 짜 맞추어진 가짜일 테지만, 개중에서 진실을 찾는 것이 혁련휘가 지금 하려는 일이었다.

수많은 내용들 속에서 혁련휘는 자신에게 필요한 부분들을 찾았다.

그의 가족 관계를 확인하던 혁련휘가 표정을 구겼다.

'가족이 없군.'

가후는 천애 고아였다.

부모도, 형제조차 없는 고아 말이다.

그 부분을 확인한 혁련휘가 고개를 끄덕였다. 그림자 무사로 가장 좋은 조건들을 모두 갖추고 있는 셈이었으니까.

그림자로 살아간다는 건 생각보다 쉬운 게 아니다.

본래의 자신을 없애고, 남의 일부로 살아간다는 건 그만큼 많은 걸 포기해야 한다는 걸 의미한다.

그림자로 살아가는 이에게 가족은 분명 커다란 걸림돌이 될 공산이 클 터인데, 이렇게 천애 고아라면 그런 걱정을 할 이유가 없으니까.

가족도 없는 그는 마교에서도 딱히 누군가와 친하게 지내지 않았다.

단서 하나 찾기 힘들 정도로 깨끗한 과거.

그렇지만 단 하나 의심스러운 점이 있었다.

서평이 재빠르게 책자를 확인하는 혁련휘에게 말했다.

"뒤쪽에서 네 번째 쪽을 한번 봐 주시겠습니까?"

서평의 말에 혁련휘는 곧바로 책자의 뒤편부터 장수를 훑으며 그가 말한 곳을 확인했다.

책자를 뚫어져라 바라보는 혁련휘를 향해 서평이 말을 이었다.

"딱히 털어 봐도 뭐 하나 나오지 않아서 골치가 아팠는데, 유독 그거 하나만 눈에 걸리더군요."

"임무를 위해 마교를 떠나기 직전에 장원 한 채를 구입했군."

무덤덤하게 말하긴 했지만 혁련휘의 눈동자에는 이채가 돌았다.

하필이면 죽기 직전에 장원을 구입한 것도 이상한 일인데 그 위치 또한 의문을 불러일으킨다. 마교의 무인이 이곳이 아닌 전혀 다른 곳에 위치한 장원을 구입했으니까.

"귀주성 천주 인근이라……. 확실히 수상하군."

마교와는 엄청나게 거리가 떨어져 있는 곳. 마교의 무인인 그가 이런 곳에 장원을 구입한다는 것 자체가 수상쩍었다.

"정확한 위치는 여기 있습니다."

말을 마친 서평이 곧바로 자신의 책상 한편에 놓아두었던 지도를 그에게 건넸다.

지도를 확인하던 혁련휘는 가후가 죽기 직전에 구입한 장원의 위치가 천주라는 마을과도 제법 떨어져 있다는 걸 확인했다.

그것도 길조차 없는 숲 안에 위치한 곳이라는 것도.

그랬기에 혁련휘는 확신할 수 있었다.

뭔가를 숨기기 위한 거점이다. 그렇지 않고서야 이렇게 외지에 비밀스럽게 장원을 구축해 놨을 리가 없다.

지금 자신이 생각하는 게 모두 맞을 거라고는 십 할 자신할 순 없다. 그렇지만 세상사 완벽할 때만 움직일 수 없는 상황이라는 게 있는 거다.

더군다나 지금 같은 상황에서 이 정도로 많은 것들이 의심스럽고, 또 맞아 떨어지는 건 결코 우연이 아닐 터.

이 정도라면…… 승부를 걸어야 옳다.

'이곳에 가짜 원이와 관련된 무엇인가가 있다. 단서를 찾아내도 좋고 정말 운이 좋다면…… 이곳에 만보신면이 있다.'

생각을 정리한 혁련휘가 서평에게 말했다.

"수고했군. 보수는 전에 맡겨 둔 금액에서 차감하고."

"미리 말씀드리지만 이번 건은 워낙 다급하게 진행하는 터라 금액이 조금 더 높습니다."

"상관없어. 그럼 난 할 일이 있으니 이만. 추후에 또 필요하면 연락하지."

말을 마친 혁련휘는 곧바로 서평을 뒤로한 채로 환야와 함께 비밀 거점을 조심스레 빠져나왔다.

재빠른 걸음으로 자신의 거처로 돌아가는 혁련휘의 머리가 빠르게 돌아갔다.

'귀주성 천주라…… 너무 멀어.'

춘절 행사가 있기까지는 보름보다 조금 더 남은 정도다.

그때 그들이 움직이는 걸 막기 위해서는 최소한 천주에 있다는 가후의 장원을 뒤져 증거를 찾아내야만 했다.

문제는 그 보름이라는 시간 동안 왕복할 수 있을 정도로 천주는 가까운 곳이 아니었다.

어느 정도 뛰어난 무인이라 해도 이곳 마교에서부터 그곳까지 다녀오는 것만으로도 족히 사오십 일은 걸릴 터.

그 말은 곧 걸리는 시간을 절반 이상을 단축해야 하는 상황이라는 것이었다.

혁련휘의 머리에 자신이 움직일 수 있는 이들이 떠올랐다.

가장 먼저 떠오른 건 당연히 자신이었다. 그렇지만 이내 혁련휘는 고개를 저었다.

'내가 움직인다면 칠대천이 의심할 게 분명하다.'

춘절의 총책임자라는 직책을 맡기면서까지 혁련휘의 발을 붙잡아 두려는 그들이다.

막바지 작전을 위해 그 정도로 치밀하게 움직이는 칠대천들이 자신이 움직이는 걸 그냥 두고 볼 리가 없다.

최악의 경우 자신이 향하고 있는 장원 자체를 없앨지도 모르는 상황.

그랬기에 혁련휘는 움직일 수 있는 상황이 아니었다.

그렇다면 남은 것은 넷.

환야와 달치, 비설과 부의민이었다.

개중에 가장 먼저 머리에서 지운 건 부의민이다.

능력도 있고 실력 또한 일취월장하며 내심 환야의 기분을 좋게 만들어 주고 있는 부의민이었지만 아직은 아니다.

그의 실력으로 보름 만에 귀주성 천주까지 왕복한다는 건 불가능한 일이다.

달치 또한 안 된다.

간단한 임무라면 모를까 어떤 변수가 있을지도 모르는 상황.

이런 상황에 달치에게 일을 맡겼다가는 계획이 어그러질 수도 있다.

그렇다면 남은 건 환야와 비설뿐인데…….

혁련휘의 고민은 길지 않았다.

답은 정해져 있었으니까.

그렇지만 그 사실을 알면서도 혁련휘는 쉬이 결정을 내리기가 어려웠다.

그의 선택이…… 다름 아닌 비설이었으니까.

환야, 그는 분명 강하다.

그리고 경공도 뛰어나 그 긴 거리를 시간 내에 왕복하는 것도 불가능하진 않다. 다만 문제는 환야의 무공 특성에 있다.

환야는 암살자다.

그의 무공은 은신하여 암습하는 데 특화되어 있다 보니, 먼저 모습을 드러내야 하는 상황에서는 불리함을 안고 싸워야만 한다.

일전에 우치와의 싸움에서 환야가 일방적으로 패했던 것도 그 탓이다.

혹시나 그 장원에서 만보신면을 빼 오거나 해야 하는 일이 벌어진다면 환야에겐 다소 버거울 수도 있다는 말이 된다.

그에 비해 비설은 다르다.

그녀는 만능에 가깝다.

경공이나 은신술도 빼어났고, 무인으로서의 무공도 강하다.

더군다나 혁련휘가 지금 예상하는 것이 과연 비설이 지닌 실력의 전부일까? 아니, 항상 자신이 해 왔던 예상을 뛰어넘던 것이 비설이다.

그랬기에 그녀는 비록 시간이 없어서이긴 하지만 우치마저 도망치게 만들었다.

끝까지 싸웠다면야 승패는 판가름할 수 없었겠지만 최소한 우치와 겨뤄도 크게 밀리지 않는 실력자라는 건 분명할 터.

그 정도라면 중원에서 그녀를 위협할 만한 수준의 무인은 몇 되지 않는다 자부할 수 있을 정도다.

최고의 적임자, 그렇지만 복잡한 머리는 쉽사리 결정을 내리지 못했다.

이유는 많았지만 결국은 하나였다.

비설이 걱정됐으니까.

자신이 부탁한다면 아무리 위험한 곳이라도 서슴없이 뛰어들 그녀라는 걸 잘 안다. 그랬기에 더 부탁을 하는 데 망설여진다.

자신이 그녀를 위험에 빠트리는 일이 생기는 게 두려웠기 때문이다.

표정이 딱딱하게 굳은 채로 빠르게 움직이는 혁련휘, 그리고 그런 그의 뒤를 쫓던 환야가 조심스레 말을 걸었다.

"무슨 생각을 그리하십니까? 표정이 안 좋으십니다."

"이번 일의 적임자…… 누구라고 생각해?"

"비설입니다."

환야는 한 치의 망설임도 없이 대답했다.

혁련휘와 마찬가지로 그 또한 지금 이 일을 해낼 수 있는 가장 적임자가 비설이라 판단했다.

물론 혁련휘 또한 환야에게서 다른 대답이 나올 거라 생각지 않았다.

그렇지만 혹시나 다른 의견이 있지 않을까 하는 일말의 생각을 가지고 물었고, 돌아온 건 자신의 판단이 틀리지 않았다는 확신뿐이었다.

혁련휘가 나지막이 중얼거렸다.

"……역시 그런가."

"예, 그 녀석만큼 이 일을 잘 완수할 녀석은 없을 테니까요."

환야의 대답을 듣고 혁련휘의 얼굴에 수심이 깊어졌다. 그리고 그런 그를 환야가 불렀다.

"대장."

"왜?"

"그 녀석 걱정하시는 거 잘 압니다."

"……."

혁련휘는 맞다, 틀리다 대답조차 하지 않았다. 그렇지만 그것만으로도 이미 환야는 대답을 들은 것과 다름없었다.

환야가 말을 이었다.

"선택을 대장이 하지 마시지요."

"내가 부탁하면 그 녀석은 할 거야. 그건 선택이 아니라……"

"아뇨, 그게 선택입니다. 단순히 시켜서 하는 것이 아니라, 대장을 돕고 싶다는 그 마음이 내린 선택이란 말입니다. 대장 또한 반대 상황이 되시면 어쩌실 겁니까? 만약 그녀석에게 도움이 필요하다면요. 대장은 분명 나서시겠지요. 그리고 그건 대장뿐만이 아닙니다. 저라도 나설 겁니다. 저희는 동료니까요."

환야의 무덤덤한 말에 혁련휘는 잠시 할 말을 잃었다.

그의 말대로다.

자신 또한 비설을 위해 몇 번이고 싸워 왔고, 그 모든 건 자신의 선택으로 인한 결정이었다. 그녀를 도와주고 싶은 마음이 있었으니까. 그리고 그건 비단 자신뿐만이 아닐 거라는 환야의 말은 분명 틀리지 않을 것이다.

묵묵히 걷는 혁련휘의 옆에서 환야가 하늘을 향해 고개를 치켜들었다.

어두운 밤하늘을 올려다보며 환야가 입을 열었다.

"생긴 건 그렇게 순하고 연약해 보여도…… 강한 아이입니다. 아시지 않습니까."

"알지. 누구보다 더."

생긴 것과는 다르게 빼어난 실력. 그것이 그냥 만들어졌을 리가 없다. 그 누구도 상상할 수 없을 정도의 혹독한 훈련과, 고통을 감내했기에 지금의 비설이 있는 것이다.

살짝 뒤편에서 걷던 환야가 발걸음을 빠르게 하더니 이내 혁련휘의 앞을 막아섰다.

그런 그의 행동에 혁련휘 또한 잠시 발을 멈춰 섰을 그때였다.

환야가 혁련휘를 정면에서 응시한 채로 목소리에 힘을 주어 말했다.

"저희들 중 그 누구도 대장의 말이 무서워서 따르는 게 아닙니다. 모두가 대장을 돕고 싶어 따르는 거지요."

환야는 그 말과 함께 혁련휘를 바라보며 씩 웃어 보였다.

믿음직해 보이는 얼굴, 그 얼굴을 보고 있자니 혁련휘는 문득 옛날 생각이 났다.

"갑자기 우리가 처음 만났던 때가 생각나는군."

지금은 이렇게 자신의 오른팔처럼 움직이는 환야였지만 처음부터 그랬던 건 아니었다.

처음 봤을 때의 그는 상처 입은 맹수, 바로 그 자체였다.

그 날을 기억하며 혁련휘가 말을 이었다.

"그때는 그리도 날 죽이겠다고 날뛰었지."

"대체 언제 적 이야길 그리하십니까. 그때야 뭐 한창 반항기였으니까요."

"반항기가 오기엔 너무 늦지 않았나?"

"원래 남자는 철이 늦게 드는 법 아니겠습니까?"

여전히 실실 웃으며 환야가 말을 받았다.

그런 환야를 보고 있던 혁련휘가 이내 발을 옮겨 그를 스쳐 지나갔다.

막 환야의 옆을 지나쳐 가던 혁련휘가 주먹을 말아 쥐고는 가볍게 그의 어깨를 툭 치고 그대로 쭉 걸어가기 시작했다.

멀어져 가는 혁련휘의 등을 바라보며 환야는 계속해서 미소를 지어 보였다.

'어디든 상관없습니다, 대장.'

혁련휘가 간다면, 그가 선택했다면 망설일 이유가 없으니까. 환야가 힘차게 혁련휘의 뒤를 좇아 발걸음을 옮겼다.

'당신이 가는 곳이라면…… 그곳이 어디라고 해도 함께할 테니까요.'

*　　*　　*

혈뢰주가 가주 주석인은 묵룡천가의 주인인 천위극의 갑작스러운 부름에 늦은 밤 수하 다섯 명 정도만을 대동한 채로 그의 거처를 찾았다.

그리고 깊은 밤 이곳을 찾아온 주석인을 천위극이 웃는 얼굴로 맞았다.

"오셨소이까?"

"이 늦은 시간에 어인 일이십니까?"

"하나 부탁할 게 있어서 말입니다."

"부탁이요?"

갑작스러운 천위극의 말에 주석인이 궁금하다는 듯이 되물었다. 그런 그를 향해 천위극이 고개를 끄덕이고는 말했다.

"혹여 귀주성 인근에 활용 가능한 쓸 만한 무인들이 좀 있으시오?"

"흐음, 글쎄요. 그런데 그건 갑자기 왜 그러십니까?"

"제가 쓸데없는 걱정이 좀 많아서 말입니다, 주 가주."

"걱정이라면 무엇을 말씀하시는 겁니까? 소교주님도 마교로 돌아오시고, 점차 분위기가 많이 안정되고 있지 않습니까. 거기다가 이번 춘절 행사만 지나면 저희는 더욱 공고해질 겁니다. 그런데 대체 무엇이 그리도 걱정이시라는 건지……."

"바로 그것입니다, 주 가주."

주석인의 말을 자르며 천위극이 치고 들어왔다.

그가 자신의 수염을 어루만지며 천천히 말을 이었다.

"지금과 같을 때 혹여나 모를 위험한 싹은…… 잘라 두는 게 낫지 않겠습니까?"

"위험한 싹이라면?"

"소교주의 얼굴에 대해 아는 자들 말입니다. 처음엔 혹시 모를 일에 대비해 그냥 두려 했는데 이거야 원 이상하게 점점 신경이 쓰이는군요. 그리고 상황이 이 정도 왔으니 더는 필요치도 않을 것 같고요."

천위극의 그 말을 듣는 순간 주석인은 그가 하는 말이 무엇인지 알아차렸다.

지금 천위극이 지목한 위험한 싹이라는 건 바로 가짜 소교주의 얼굴인 인피면구에 대해 아는 이들을 뜻하는 게 분명했다.

주석인의 표정에서 자신의 말을 알아들었음을 직감한 천위극이 너털웃음을 터트리며 말을 이었다.

"허허, 제가 좀 걱정이 많습니다. 허나 그렇게 걱정이 많았기에…… 지금의 이 자리에 제가 있을 수 있었지요."

그는 지금 말하고 있었다.

죽이자고.

인피면구에 관련된 그 모두를 제거하자고 말이다.

분명 그런 중대한 일이니 만큼 천위극은 믿을 만한 자신의 사람들에게 그 임무를 맡겼을 것이다. 그런데도 불구하고 죽이라니?

주석인은 놀란 감정을 추스르며 천위극을 바라봤다.

'실로 두려운 자다.'

혹여나 모를 상황을 방지하기 위한 그의 결단에 주석인

은 내심 감탄하면서도 치가 떨렸다. 그런 주석인의 속내를 아는지 모르는지 탁자에 놓여 있던 찻잔으로 손을 가져간 천위극이 사람 좋은 미소를 지으며 입을 열었다.

"확실한 게 좋지 않겠습니까? 죽은 자는…… 말이 없는 법이니까요."

7장. 위패

— 제가 형님을 지킬게요

"네, 할게요."

너무도 시원하게 터져 나오는 비설의 대답.

그리고 이 대답은 혁련휘 또한 예상했던 바였다. 자신이 말한다면 비설은 서슴없이 귀주성 천주 인근에 있는 그 장원까지 달려갈 거라는 걸 알고 있었다.

혁련휘가 말했다.

"잘 생각하고 정해."

"잘 생각하고 말씀드린 건데요?"

"그런데 대답이 그렇게 빨라?"

"네. 그럴 수도 있죠 뭐."

대답한 비설이 씩 웃으며 혁련휘를 올려다봤다.

그런 그녀의 여유 있는 모습을 보며 혁련휘가 다시금 물었다.

"춘절 행사가 있기 전에는 와야 하다 보니 시간이 좀 빡빡해. 가능하겠어?"

"뭐 해 봐야 알겠지만…… 특별히 시간 잡아먹을 일만 없다면 충분히 가능할 것 같아요."

어느 정도 실력이 있는 무인들의 예상 기간보다도 절반 이상을 단축하는 그 일을 비설은 어렵지 않게 가능할 것 같다 말하고 있었다.

그렇지만 혁련휘는 알고 있었다.

그녀는 결코 자신의 실력을 과신하지 않는다는 것을.

정말로 가능할 거라는 판단이 내려졌기에 비설이 이토록 자신감 있게 답을 말하고 있는 거라는 것도 말이다.

비설이 궁금하다는 듯 물었다.

"그곳에 뭐가 있을까요?"

"정확히는 모르지. 다만 그 가짜가 숨기고 싶어 할 뭔가가 있겠지. 그렇지 않으면 이처럼 비밀리에 거점을 만들어 두지는 않았을 테니까."

혁련휘가 고개를 끄덕거리고 있는 비설을 향해 말을 이었다.

"그리고 하나 당부하지. 만약 거기 가서 찾아보다가 뭔가가 나오지 않는다면 곧바로 돌아와. 괜히 뭔가 더 찾겠다고 그러지 말고."

"하지만……."

비설은 말을 삼켰다.

지금 상황을 역전시키기 위해서는 지금 소교주 행세를 하는 자가 가짜라는 걸 증명하는 수밖에 없다.

이번 일이 틀어지면 혁련휘의 계획이 힘들어진다는 걸 비설은 잘 알고 있었다.

그런 그녀의 생각을 알기라도 한다는 듯이 혁련휘가 말했다.

"증거를 찾지 못하면 분명 힘들어지겠지. 하지만 그뿐이야. 시간이 조금 더 걸리겠지만…… 난 다른 방법을 찾아낼 거야. 그리고 결국 그들을 쓰러트리겠지."

단순히 비설을 안심시키기 위해 하는 말이 아니었다.

이건 혁련휘의 진심이기도 했다.

설령 이번 일을 통해 아무런 것도 얻지 못한다 한들 끝나는 건 아니다.

다소 어려워질지언정, 혁련휘는 또 다른 답을 찾아내서 그들과 맞설 것이다.

그런 혁련휘의 말에 비설은 결국 고개를 끄덕이며 대답

했다.

"알겠어요. 형님이 시키는 대로 할게요."

원하는 대답을 듣고서야 혁련휘는 비파월에서 챙겨 온 지도를 꺼내 비설에게 내밀었다.

"지도야. 이쪽에 위치한 장원이라고 하니까 이걸 보고 찾는 게 더 쉬울 거야."

"네, 형님."

지도를 받아 든 비설은 이내 고개를 끄덕였다.

"천주에서도 조금 떨어진 곳이네요."

"중요한 지점이니만큼 분명 무인들도 상주하고 있을 거야."

"그러게요. 그나마 숲이 있으니 몸을 감출 만한 곳은 많겠네요. 어찌 됐든 시급을 다투는 일이니까 지금 바로 움직일게요."

말을 마친 비설이 짐을 챙기기라도 하려는 듯이 곧바로 침대 아래 공간에 들어가 있는 하얀 보자기를 꺼내어 들었다.

그렇게 보자기 안에 간단한 짐 몇 가지를 챙기던 비설이 퍼뜩 생각났다는 듯이 물었다.

"그런데요, 형님."

"왜?"

"그 진짜 동생분의 묘는 어디에 있으신 거예요?"

생각지도 못한 비설의 질문에 혁련휘가 움찔했다. 그런 그를 바라보며 그녀가 되물었다.

"예전에 사사혈교 때문에 평범한 사람들이 죽어 있던 마을에 갔던 게 문득 기억이 나더라고요. 그때 형님이 제게 향을 주셨었죠. 그 향 동생분을 위해 쓰시려고 했던 거 맞죠?"

"맞아."

"그걸 기억하니까 문득 궁금하더라고요. 마교에서 동생분이 돌아가셨다고 했으니…… 묘도 이 인근에 있을 것 같아서요."

혁련휘의 무공이라면 짧은 시간 안에 먼 거리를 이동하는 것이 가능하긴 했겠지만 죽은 시체를 안고 그리 먼 곳까지 가지는 않았을 거라 비설은 추측했다.

그리고 그런 그녀의 예상은 틀리지 않았다.

혁련휘가 순순히 말했다.

"마교 외성 바깥에 묻어 줬어."

"아하, 저 그럼 혹시나 해서 여쭤 보는 건데 혹시나 천주로 향하는 방향과 비슷해요?"

"아예 다르진 않지. 그런데 그게 왜?"

"아뇨, 형님의 동생인데 그래도 인사 한 번은 드리고 싶어서요.”

“네가?”

“네. 저도 형님 동생이고, 그쪽도 형님 동생이니 이 기회에 인사도 하면 좋죠 뭐. 그리고…… 형님도 저랑 같이 가신 김에 오랜만에 동생을 보실 수 있으실 거고요.”

그 말을 듣자 혁련휘는 비설이 왜 그런 말을 했는지 알 수 있었다.

물론 인사를 하고 싶다는 말 또한 사실일 것이다. 그렇지만 그보다 더욱 큰 이유는 그곳으로 혁련휘를 데리고 가기 위함이다.

최근 들어 가짜 혁리원의 등장과 함께 혁련휘의 기분은 그리 좋지 못했다.

가짜긴 해도 동생의 얼굴을 그대로 하고 있는 자가 눈앞에 보이니 심기가 어지러운 건 당연했다. 그 탓에 가뜩이나 잠을 적게 자는 혁련휘는 침상에 누워서도 쉬이 자지 못하고 뒤척거리기 일쑤였다.

같은 방을 쓰는 탓에 비설은 그런 혁련휘의 자그마한 심경 변화까지 모두 알아차렸다.

굳이 너까지 번거로운 발걸음 할 필요 있냐는 말이 목구멍까지 치솟았지만…… 혁련휘는 이내 그 말을 삼켰다.

자신을 위해 이토록 중대한 임무를 아무렇지 않게 떠맡

아 준 비설이 지금 이 순간에도 자신을 걱정해서 이런 말을 해 주고 있다는 걸 잘 알기 때문이다.

그랬기에 혁련휘는 싫다는 말 대신 고개를 끄덕였다.

"그러지."

신경을 안 쓰는 척하면서 혁련휘의 대답을 기다리던 비설이 이내 환하게 웃으며 챙기고 있던 보자기를 황급히 매듭지어 등 뒤로 묶어 맸다.

그러고는 혁련휘의 팔뚝에 매달리다시피 하며 그를 잡아당겼다.

"저 준비 끝났으니 바로 가죠, 형님."

그녀의 재촉에 못 이겨 혁련휘는 발걸음을 옮겼다.

그렇게 걸음을 옮긴 두 사람은 누구의 눈에도 띄지 않게 은밀하게 움직였다.

마교 외성을 나갈 때까지 둘은 말 한마디 하지 않고 허공을 박차며 날아올랐다.

이번 임무는 비밀 엄수가 생명이었기에 평소보다 더 움직임에 신경을 쓴 것이다.

그렇게 마교 외성까지 빠져나오고서야 둘은 다시금 합류했다.

목적지인 천주로 향하는 길목에서 약간 옆으로 틀은 혁련휘는 자신의 기억을 더듬으며 걸음을 옮겼다.

경공을 펼치며 달린 덕분에 둘은 일각 정도 움직였음에도 목적지에 도달할 수 있었다.

선두에서 달리던 혁련휘가 속도를 늦추었고, 비설 또한 직감적으로 거의 다 왔음을 알아차렸다. 그리고 이내 혁련휘가 경공을 멈추고는 어딘가를 향해 시선을 돌렸다.

혁련휘의 시선이 향하는 곳.

그곳에는 허리 정도 오는 높이의 묘와, 나무로 대충 만들어진 자그맣고 볼품없어 보이는 사당 하나가 덩그러니 자리하고 있었다.

발을 멈춘 채로 묘와 사당을 바라보는 혁련휘의 옆에 와서 선 비설이 그를 올려다보며 물었다.

"여기예요?"

"응."

참으로 볼품없어 보이는 그 모습에 혁련휘는 가만히 눈을 감았다.

누가 알까? 이 한없이 초라한 묘와 사당이 천하의 주인이라 불리는 마교의 소교주가 잠들어 있는 무덤이라는 걸.

혁련휘가 감고 있던 눈을 뜨고는 천천히 묘를 향해 걸음을 옮겼다.

한겨울이 온 탓에 그나마 묘를 덮고 있던 풀들도 모두 죽어 버렸다.

마치 옷을 모두 벗고 있는 것처럼 공허해 보이는 묘의 외양을 바라보던 혁련휘가 천천히 손을 뻗었다.

흙을 어루만지며 혁련휘가 중얼거렸다.

"추워 보이는구나."

마교로 돌아오고 단 한 번, 이곳을 몰래 찾은 적이 있다. 그렇지만 그 이후 혁련휘는 이곳에 오지 않았다.

아니, 오지 못했다.

지켜 주지 못했다는 미안함에 혁련휘는 이곳에 온다는 것 자체가 고역이었다. 그랬기에 혁련휘는 스스로에게 다짐했다.

칠대천을 비롯한 그 정체를 알 수 없는 자들까지 모두 끝을 내고 당당하게 이곳을 찾겠다고.

그렇지만 혁련휘는 스스로 알고 있었다.

죽어 버린 동생에 대한 미안함을 떨치기 위해 스스로가 만들어 낸 핑계라는 것을 말이다. 알면서도 용기가 나지 않아 쉽사리 오지 못했던 길.

최근 들어 가짜가 모습을 드러내며 더 혁리원이 생각났음에도 오지 못했다.

어떻게 용기를 내야 하나 고민했거늘 비설이 가자 말해 줬다.

그녀의 떠밀림에 못 이기는 척 이곳으로 발걸음을 옮겼

고, 그렇게나마 이렇게 동생과 오랜만에 마주할 수 있었다.

그토록 보고 싶었는데 오지 못했던 길.

이 길을 걸을 수 있었던 건 아마도 저 여인, 비설이 있기 때문이리라.

혁련휘가 다가오는 비설의 인기척을 느끼고 있을 때였다. 그녀의 발이 묘의 옆에 위치한 사당으로 향하고 있었다.

비설이 멈추어 선 건 사당에 놓여 있는 새카만 위패의 앞이었다.

원(原)이라 적힌 이름 하나.

이 무덤의 주인이 누구인지 들키게 하지 않기 위해 제대로 된 이름 석 자 하나 적지 못했다. 그저 원이라는 한 글자만이 죽어 버린 마교 소교주에게 줄 수 있는 유일한 선물이었을 뿐이다.

위패 앞에 선 비설이 준비해 두었던 향을 꺼내어 들었다.

그러고는 아무렇지 않게 향에 불을 붙이고는 이내 그것을 앞에 있는 향로에 꽂았다.

항상 웃음기 가득하던 비설의 얼굴이 사뭇 진지했다. 그리고 그런 그녀를 묘의 앞에 서 있던 혁련휘가 몸을 돌린 채로 바라보고 있었다.

비설의 눈이 위패에 적힌 원이라는 글자에 틀어박혔다.

비설이 천천히 입을 열었다.

"안녕하세요, 형님의 동생님."

그녀는 마치 상대가 살아라도 있는 것처럼 위패를 똑바로 바라보며 말을 이었다.

"아, 형님의 아우시고 저보다도 나이가 어리시니 그냥 동생님이라 부를게요."

자신을 형님이라 부르는 것에 이어 이번엔 혁리원을 동생님이라 부르겠다는 그 말에 혁련휘가 기가 차다는 듯한 표정과 함께 비설에게 다가가기 위해 한 발자국 내디뎠을 때였다.

"동생님. 먼저 가신 그곳은 편한지 잘 모르겠어요. 그렇지만 이곳에 계신 형님이 동생님을 위해 계속해서 싸우고 있어요. 위험하고 말도 안 되는 일들을 하면서까지요."

"……."

갑작스러운 비설의 말에 혁련휘는 발을 멈추어 선 채로 위패 앞에서 말을 뱉고 있는 그녀를 응시했다.

한 치의 흔들림도 없이 위패를 바라보며 비설이 말을 이었다.

"그렇지만 말이에요, 동생님. 걱정하지 말아요. 형님의 옆자리엔 제가 있을 테니까요. 동생님을 대신해 제가 형님을 지킬게요. 그러니까…… 편히 쉬어요."

말을 마친 비설이 환하게 웃어 보였다.

그러고는 이내 위패를 앞에 둔 채로 그녀가 절도 있게 포권을 취해 보였다.

그 모습을 보고 있던 혁련휘는 자신의 가슴 한편에 있는 무엇인가가 울컥하고 올라오는 느낌을 받았다.

마음이 아팠고, 또…… 고마웠다.

이내 마음을 정리한 혁련휘가 위패 앞에 서 있는 비설을 향해 다가왔다. 추운 날씨 탓일까? 살짝 붉게 물든 비설의 볼과 귀를 바라보던 혁련휘가 자신의 두 손을 뻗었다.

그리고 그 손이 그녀의 양 볼을 감쌌다.

혁련휘의 행동에 비설의 눈동자가 더욱 커지고 얼굴이 새빨갛게 변하는 그 순간 혁련휘가 입을 열었다.

"날이 많이 춥구나."

혁련휘의 말에 비설이 작게 고개를 도리질했다. 추운 날씨인 건 분명한데 갑자기 치밀고 올라오는 열기에 오히려 얼굴이 후끈거릴 지경이다.

얼굴이 달아오른다는 걸 느끼며 당장이라도 어딘가 숨고 싶다는 생각이 치밀었다.

그런데…… 그럴 수가 없었다.

이 손에서 빠져나가고 싶지 않았으니까.

그렇게 양 볼에 손바닥을 가볍게 가져다 댄 채로 혁련휘가 입을 열었다.

"다치지 말고…… 돌아와라."

혁련휘의 걱정스러운 그 한마디에 비설이 붉어진 얼굴로 고개를 끄덕이며 대답했다.

"네, 형님."

*　　*　　*

커다란 광장을 걷는 혁련휘의 옆에는 무척이나 키가 작아 보이는 사내 하나가 자리하고 있었다.

나이는 서른 중반 정도, 눈은 뱀처럼 가늘고 입도 살짝 튀어나온 인상의 그는 무척이나 빠르게 말을 내뱉고 있었다.

"여기가 춘절 행사가 벌어질 곳입니다."

사내의 말에 혁련휘는 그저 주변을 가볍게 휘이 둘러볼 뿐이었다.

수만 명에 달하는 인원들이 모여도 전혀 모자랄 것 같지 않은 커다란 곳.

여기가 바로 신년을 맞이할 장소이자 칠대천들이 가짜 소교주를 확실한 후계자로 만들기 위한 계책이 벌어질 곳이기도 했다.

뭔가를 더 말하려는 사내의 말을 자르며 혁련휘가 물었다.

"당일 인원은?"

"얼추 이만여 명 정도 되지 않을까 생각되옵니다."

"……많군."

외부에 나가 있던 이들까지 들어올 정도의 행사이니 그 정도의 숫자가 채워지는 건 당연했다.

그 이만 명이라는 숫자가 그토록 매력적이었으니 지금이 적기라 판단하고 칠대천들이 움직이는 것일 테고.

그들이 원하는 건 모두 알고 있다.

가짜 혁리원을 다음 대 교주 자리에 공고히 하는 것. 그들의 계획대로만 된다면 분명 소교주의 존재감은 더욱 두드러질 것이라는 걸 알고 있다.

그렇지만 만약 그 기회를 자신이 역이용할 수만 있다면……?

그들의 잔치를 당장에 상갓집으로 바꾸는 것도 가능할 게다.

그리고 그러기 위해서는 지금 천주로 떠난 비설의 임무가 막중했다.

그녀가 무엇인가를 얻어 오느냐 마느냐에 따라 이번 춘절의 주인공이 바뀌게 될 테니까 말이다.

천천히 옆에 있는 사내의 안내를 받으며 내부를 돌고 있던 혁련휘의 눈에 일련의 무리가 모습을 드러냈다.

가주 주석인을 필두로 한 혈뢰주가의 무리였다.

그리고 그 안에는 혁련휘에게 익숙한 얼굴도 있었다.

주석인의 둘째 아들, 주자악 또한 함께하고 있었던 것이다.

혁련휘가 그들을 발견한 것처럼 혈뢰주가의 인원들 또한 마찬가지였다.

대공자의 존재를 발견한 주석인은 잠시 움찔했지만 이내 얼굴에 미소를 머금은 채로 혁련휘에게 다가왔다.

그가 예를 갖추었다.

"날이 추운데 고생이 많으십니다, 대공자님."

포권을 취하는 주석인의 뒤로 그의 아들인 주원호와 주자악 또한 줄지어 말했다.

"대공자님을 뵙습니다."

혁련휘의 시선이 포권을 취하고 있는 혈뢰주가 무리를 가만히 바라봤다.

주자악은 빤히 혁련휘를 바라봤지만 그의 시선은 자신 쪽으로 향하지 않았다.

마치 자신 따위는 안중에도 없다는 듯한 모습.

그런 모습에 주자악은 속으로 분을 삼켰다.

허나 주자악은 그런 속내를 드러낼 순 없었다. 이곳은 환영학관이 아니었고, 상대는 그저 일개 지단의 무인이 아니었으니까.

혁련휘와 마주하는 순간 주자악은 한없이 초라한 자신의 모습을 느껴야만 했다.

들끓는 표정으로 혁련휘를 노려보고 있는 그때, 그의 귓가로 전음 하나가 날아들었다.

『감정을 감추셔야지요, 둘째 도련님. 그렇게 대놓고 적의를 드러내는 건 하수나 하는 짓입니다.』

그 전음이 주인공은 다름 아닌 신도율이었다. 신도율을 향해 고개를 돌렸던 주자악은 자신을 보며 씩 웃고 있는 그를 확인할 수 있었다.

머리카락으로 눈을 가려 입만을 확인할 수 있는 상대. 신도율의 한마디에 주자악은 힘겹게 자신의 감정을 추스를 수 있었다.

모든 이들이 형만을 다음 가주라 여기는 이곳 혈뢰주가에서 유일하게 자신의 가능성 또한 인정해 주는 자다. 그리고 일전에 전해 준 귀령공의 무공까지.

최근 들어 주자악의 무공은 무서울 정도로 늘고 있었다.

그리고 그렇게 된 결정적인 이유가 바로 귀령공의 무공 덕분이다. 일명 심마환혈공(沈魔幻血功)이라 불리는 그 무공은 심법이었다.

다만 그 심법이 워낙 오묘하고 특이하여, 몇 곱절은 빠른 무공의 성취가 이루어지게 도왔다.

당장에야 혁련휘에 비해 모자라다고는 하지만 이렇게 빠른 속도로 늘어만 간다면…… 언젠가는 그를 넘어설 수 있을 거라 주자악은 확신했다.

'그나저나 요새 들어 부쩍 화가 자주 나는데.'

나름 냉정했던 주자악이거늘 요즘 따라 자그마한 일에도 감정이 폭발하곤 했다.

심마환혈공을 익히는 것에 따른 자그마한 부작용이라고 신도율은 말했다.

그런 신도율의 말에 주자악은 고개를 끄덕였다.

짜증이 자주 나는 게 그리 좋지는 않았지만 그로 인해 더욱 강해질 수만 있다면야 그 정도 짜증이 무에 대수겠는가.

'대성하면 그때는 내 감정을 다스릴 수 있다 했으니 보다 속력을 내는 수밖에.'

주자악은 심마환혈공을 대성하면 원래대로 돌아갈 수 있다는 신도율의 말을 철석같이 믿었다.

그렇게 주자악이 신도율에게 전음을 받는 사이 혁련휘가 주석인에게 물었다.

"여긴 무슨 일이지?"

"아, 행사가 있기 전에 이곳을 확인하고 또 혹여나 대공자님을 도울 것은 없는지 여쭈러 왔습니다."

"도움이 아닌 감시겠지."

"그 무슨 섭섭한 말씀이십니까."

가볍게 웃으며 주석인이 혁련휘의 말을 흘렸다.

그렇지만 그 말은 사실이었다. 혁련휘의 말대로 주석인이 이번 춘절 행사가 있기 전까지 맡은 중요한 임무는 그를 감시하는 것이었다.

혹여나 모를 그의 반격에 대비하여 감시의 시선을 떼지 않는다.

'대공자가 이번 춘절 행사 때 우리가 벌이려는 일에 대해 모르지는 않을 터.'

수많은 이들을 만나 교섭에 들어갔던 칠대천들이다. 그토록 많은 이들과 대화를 나누었으니 어찌 소문이 나지 않았겠는가.

대공자 또한 자신들이 이번 춘절에 소교주를 정식으로 후계자로 만들고, 곧 교주의 자리까지 이어받게 하려고 한다는 걸 알고 있을 거라 예상하고 있었다.

다만…… 그래서 뭐 어쩐단 말인가?

알아도 지금의 대공자에겐 그걸 막을 힘이 없다.

그래서일까?

이상할 정도로 혁련휘는 포기한 것처럼 아무런 행동도 취하지 않고 있다.

그저 죽을 날을 알고 조용히 순응하며 살아가는 사형수처럼 말이다.

주석인이 괜스레 더 밝은 목소리로 말했다.

"자자, 날도 추운데 잠시 안으로 드시지요. 따뜻한 차 한 잔 준비해 올리겠습니다."

웃으며 말하는 주석인을 바라보는 혁련휘의 시선이 싸늘하다.

아직 싸움이 시작도 되지 않았거늘 마치 다 이긴 승자라도 되는 것처럼 구는 이 태도가 혁련휘는 가소롭기 그지없었다.

평소의 그였다면 굳이 주석인과 마주할 일은 없었을 것이다.

그렇지만 지금은 아니다.

이미 너무 유리하다 생각하는 탓일까?

이들은 적당선 이상이 드러났다 여기자 이제 감출 생각조차 없다는 듯 거침없이 행동했다. 그런 이들의 속셈을 하나하나 파악하고 부숴 주는 것.

그것이 바로 혁련휘가 하고자 하는 일이었다.

그리고 또 하나 혹여나 모를 이들의 시선을 자신에게 붙

잡아 두는 것 또한 그의 목적 중 하나였다.

칠대천이 가장 경계하는 건 당연히 혁련휘다. 그다음이 환야와 달치, 그리고 그 뒤를 잇는 게 부의민이다.

그저 학관에서 같이 몸담았던 비설이라는 존재는 그들에겐 가장 아래에 위치한 상대였다.

일반적으로 당연히 내릴 수밖에 없는 결론, 허나 그것이 실수라는 걸 이들은 아직까지 알지 못하고 있었다.

그들이 비설이라는 존재를 무시한다는 걸 알았지만 그럼에도 불구하고 혁련휘는 만약의 일을 대비했다. 그녀의 존재에게 신경을 쓰지 못하도록 자신이 보다 큰 미끼 역할을 해야만 했다.

그랬기에 혁련휘는 안으로 들어서 차 한 잔을 하자는 주석인의 시답지도 않은 제안에 고개를 끄덕였다.

"그러지."

말을 마친 그가 웃고 있는 주석인을 지나쳐 막 스쳐 지나갈 때였다.

스윽.

주석인의 바로 뒤편에 위치했던 누군가가 옆으로 비켜서며 길을 텄고, 혁련휘는 그 상대를 힐끔 내려다보고는 이내 가던 발길을 내디뎠다.

앞머리를 가리고 있는 다소 특이한 인상의 인물.

신도율, 그의 눈동자가 머리카락 뒤에 감춰진 채로 빛나고 있었다.

*　　*　　*

마혈적가 가주 적인호가 은밀히 움직이고 있었다.

마교의 분위기가 흉흉한 지금 혁련휘의 편에 들었던 이들은 크게 흔들렸다.

당연한 일이다.

승기를 빼앗긴 걸로 모자라 반대편에 서 있는 칠대천들이 앞다투어 이번 춘절을 기점으로 소교주의 자리를 보다 공고히 하려 하고 있다.

만약 정말로 일이 그렇게 된다면 대공자를 밀던 자신들의 신세는 어찌 되겠는가.

혁련휘의 편에 선 선봉장이라 불러도 무색하지 않을 적인호 또한 이런 상황이 무척이나 곤란해 보일 것만 같았다.

그런 그가 향한 곳.

그곳은…….

자신의 거처에서 이어진 비밀 암동을 통해 간 곳은 지하에 만들어져 있는 자그마한 공간이었다.

사람 대여섯 명 정도 들어가면 꽉 차 보일 정도로 자그마한 공간에는 탁자 하나와 의자 네 개가 준비되어 있었다.

그리고 그곳에 먼저 와 있는 한 명의 사내가 있었다. 어둠 속에 웅크리고 있는데도 불구하고 감출 수 없는 강렬한 패기.

그 패기를 느끼는 순간 적인호는 망설임 없이 그자의 앞으로 다가가 무릎을 꿇었다.

"마혈적가 가주 적인호가 교주님을 뵙습니다."

적인호가 무릎을 꿇은 그 상대, 그자는 다름 아닌 교주 혁무조였던 것이다.

놀랍게도 적인호는 이곳에서 혁무조와 비밀 만남이 예정되어 있었다.

예를 갖추는 적인호를 향해 어둠 속에서 자리하고 있던 혁무조가 손사래를 치며 말했다.

"거참 둘밖에 없는데 그렇게까지 깍듯하게 군다고 누가 알아주나."

"누가 아는 게 무슨 상관이겠습니까. 제 생각이 중요한 것이지요."

"하여튼 고지식하기는."

픽 웃으며 중얼거린 혁무조가 이내 물었다.

"상황이 안 좋아서 수척할 줄 알았는데 얼굴이 생각보다 좋네?"

"뭐 얼마 전까지만 해도 분명 걱정은 좀 했습니다만…… 교주님의 말씀대로더군요."

"내 말대로라니?"

"벌써 잊으신 겁니까? 제게 처음 이 일을 시작할 때부터 말하지 않으셨습니까."

말을 잠시 멈췄던 적인호가 목소리를 다듬고는 혁무조의 흉내를 내듯 말했다.

"대공자를 믿어라, 분명 이러지 않으셨습니까."

"아아, 그랬지. 하여튼 나이를 먹으니 기억력이 안 좋아지는군. 그나저나 네 말을 들어 보니…… 그 녀석이 결국 해법을 찾은 모양이군그래."

"예, 정확히는 모르겠지만 대공자님이 가짜 소교주의 정체가 그림자 무사였던 놈이라는 걸 파악하신 것 같습니다."

"아슬아슬했군그래. 이삼일만 늦어지면 결국 내가 나서야 하나 고민했는데 말이야."

진심인지 농담인지 모를 말을 내뱉는 혁무조를 향해 적인호가 조심스레 속내를 드러냈다.

"언제까지 이렇게 몰래 도우실 생각이십니까? 차라리 대공자님께 모든 걸 말씀해 주시고……"

"아니, 그래선 안 돼."

"어째서 그러십니까?"

"……후후, 그렇게 편한 길만 가게 해 주기에 세상엔 위험한 게 너무 많거든."

다시금 뜻 모를 말을 내뱉는 혁무조를 보며 적인호는 작게 고개를 저었다.

사실 마혈적가가 혁련휘의 아래로 들어온 가장 큰 이유. 그건 바로 비밀스럽게 내려졌던 혁무조의 아주 오래된 명령 때문이기도 했다.

물론 혁무조가 명령은 그냥 혁련휘를 따르라는 건 아니었다.

그를 보고 따를 만한 자인지 판단하여, 스스로 답을 내리라는 것이 혁무조의 명령이었다. 그랬기에 스스로 혁련휘를 만났고, 또 그의 가능성을 보았기에 따르기로 마음먹은 적인호다.

물론 이 모든 것은 둘만이 아는 비밀이었다.

잠시 적인호의 말이 잦아드는 차에 혁무조가 의자에 기댄 채로 피식 웃음을 흘렸다.

예상은 했지만 상대의 정체를 파악하고 움직이기 시작한 혁련휘의 모습에 왠지 모를 뿌듯함이 느껴진다.

자신도 모르게 그런 감정을 느꼈다는 것을 깨달은 혁무조가 고개를 작게 저으며 중얼거렸다.

"팔불출 아비는 질색인데 말이야."

"예? 그게 무슨 말씀이십니까?"

혁무조의 중얼거림에 적인호가 물었고, 그는 곧바로 고개를 저었다.

"아닐세. 그냥 혼잣말이었어. 그나저나 궁금하군그래. 이번 춘절이 끝나고 웃는 게 과연…… 어느 쪽일지."

말을 하는 혁무조의 눈동자에서 섬광과도 같은 날카로운 예기가 뿜어져 나갔다.

8장. 대업의 시작

— 교두보가 될 것이다

커다란 대문을 통해 우치가 걸어 들어오고 있었다. 추운 겨울 때문인지 몇 겹으로 옷을 입은 그가 뒤뚱거렸다.

가뜩이나 비대한 그가 옷까지 그리 입으니 평소보다 훨씬 더 육중한 느낌을 풍겼다.

힘겨워 보이는 걸음걸이로 걸어 들어오는 그를 보며 전혀 반대되는 날렵한 체구의 사내인 고경천이 가볍게 혀를 찼다.

"걸어 다니는 게 용하군."

비꼬는 듯한 고경천을 보며 우치가 히죽 웃으며 경고했다.

"왜? 네놈을 못 걸어 다니게 해 줄까?"

"가능할까? 네 돼지 같은 몸뚱이로 날 이기는 건 불가능할 텐데."

"그게 뭐 대수라고. 너 같은 새끼는 잡히는 순간 온몸의 뼈를 아작 내 버릴 수 있거든."

"네놈 몸의 살점을 발라내는 게 더 빠를 것 같은데."

"이게……."

둘의 사이에서 심상치 않은 기운이 흐르기 시작할 때였다.

"또 싸움질이야?"

들려오는 그 목소리가 둘 사이에 흐르던 일촉즉발의 상황을 멈추게 만들었다.

목소리의 주인공은 유영인이었다. 그녀가 이쪽으로 걸어왔다.

유영인이 재차 말했다.

"우치, 너 싸우려고 여기 온 거야?"

"칫, 알겠다고."

짜증 가득한 대답과 함께 우치가 고경천을 노려봤다. 화가 가라앉지 않았는지 우치가 그를 스쳐 가며 짧게 말했다.

"너 그렇게 까불다 언젠가 나한테 뒈진다."

"언제든지 와 보라고. 그 날이 돼지 잡는 날이 될 테니까."

지지 않고 받아치는 고경천의 행동이 불쾌했지만 우치는 그냥 무시한 채로 걸음을 옮겨야 했다. 지금은 사사로운 싸움을 하기보다 자신들의 우두머리인 존재에게 급히 보고해야 할 게 있었기 때문이다.

우치가 걸어 들어간 익숙한 대전은 여느 때와 마찬가지로 짙은 어둠이 깔려 있었다.

그리고 우치가 안으로 들어서기 무섭게 어둠 저편에서 한 사내의 목소리가 들려왔다.

"다녀왔느냐."

"네, 대장. 다녀왔습니다."

우치가 어디에 다녀왔는지 그 어둠 속의 존재는 잘 알고 있었다. 갑자기 날아든 혈뢰주가의 긴급한 연락에 우치를 보냈고, 그가 가서 무슨 일인지 듣고 온 상황이었다.

그가 물었다.

"혈뢰주가에서 급히 연락한 이유는?"

"도움을 조금 달라더군요."

"도움?"

"그 있잖습니까. 가짜 얼굴인 인피면구 만든다는 그놈이요. 지금 소교주의 얼굴을 만든 그자 말입니다. 별호가 뭐였더라. 만보 어쩌고였는데……."

뒷머리를 긁적이며 중얼거리는 우치를 향해 사내가 말했다.

"누군지 알아. 직접 본 적도 있었잖아. 별호는 됐고, 그래서?"

"그놈과 그곳에 머무르고 있는 묵룡천가의 무인들 모두를 죽여 달라더군요."

"모두를?"

"네, 이번에 소교주의 위치를 공고히 하려고 하는데 아무래도 그놈이나, 비밀을 아는 놈들을 살려 뒀다가 무슨 소리가 나올까 두려운 모양이더군요. 살인멸구를 하는 게 아무래도 깔끔하잖습니까."

"겨우 그깟 놈들을 죽이기 위해 우리의 힘을 빌린다는 건가. 굳이 우리에게 그 같은 일을 부탁하는 이유가 뭐지?"

"저도 궁금해서 물어봤는데…… 아무래도 흔적을 남기고 싶지 않은 모양입니다. 괜히 그곳으로 자신의 수하들을 움직였다가 그걸로 뭔가 뒷일이 생길까 두려운 것 같아 보였습니다."

우치의 말을 듣고 잠시 입을 닫고 있던 사내에게서 이내 나직한 중얼거림이 흘러나왔다.

"혹여나 나중에 묵룡천가에게서 뒤통수를 맞을까 두려운 모양이로군."

사내는 단번에 혈뢰주가 가주 주석인의 생각을 읽어 냈다.

묵룡천가 가주 천위극이 그에게 만보신면을 죽일 병력을 움직여 달라 부탁했다.

당시엔 그냥 고개를 끄덕였지만 생각해 보니 이 일이 나중에 자신의 발목을 잡을지도 모른다 여긴 것이다.

만보신면이야 비밀에 싸여 있으니 상관없다 해도, 묵룡천가의 무인들 또한 죽여야 하는 임무.

그걸로 뒤늦게 트집을 잡을 수도 있는 상황을 피해야만 했다.

그랬기에 자신이 직접 움직이는 게 아닌 비밀에 싸여 있는 이들을 움직여 만보신면을 제거하는 쪽으로 계획을 수정한 것이다.

우치가 조심스레 물었다.

"어떻게 할까요?"

"그자가 귀주성에 있었던가?"

"예. 귀주성에 있는 모종의 거처에 그자를 가둬 뒀다고 합니다."

"귀주 쪽이라……."

말을 마친 사내가 잠시 침묵했다.

그리고 그런 사내의 대답을 우치는 조용히 기다리고 있

었다. 이내 사내가 결정을 내렸다.

"혈갑도수대(血鉀刀秀隊)를 보내."

"예? 그들을요?"

우치는 당황했다.

혈갑도수대는 귀주 인근에서 그들이 움직일 수 있는 최강의 무력 집단이다.

죽여야 할 건 만보신면과, 그를 지키고 있는 묵룡천가의 무인들이다.

그 거점을 지키는 묵룡천가의 자들이 일류급의 무인들이라고는 하지만…….

혈갑도수대에 비하면 그들은 어린아이나 다름없었다. 혈갑도수대에 속한 대원 하나면 그들 전원을 도륙할 정도의 실력을 지녔으니까.

우치의 물음에 사내가 어둠 속에서 대답했다.

"그래. 혈갑도수대, 전원 움직인다."

"대장, 혈갑도수대의 인원은 대략 백여 명 정도 됩니다. 그들을 다요? 만약을 대비해도 열 명 정도면 충분할 텐데요."

이해가 안 간다는 듯한 우치의 대답.

그런 그에게 사내가 말했다.

"그깟 잔챙이 몇 명 처리하기 위해 혈갑도수대를 움직이는 것으로 보이느냐?"

"그것이 아니라면 또 다른 무슨 계획이라도 있으신 겁니까?"

"혈갑도수대를 움직였으니, 그에 맞는 보상을 얻어야지. 고작 그런 놈들 목 몇 개를 가져서 만족이 되겠더냐."

"그럼……?"

그 순간 사내의 손이 어둠 속에서 뻗어져 나왔다. 길고 하얀 손가락이 가리킨 것은 벽면에 걸려 있는 커다란 지도의 한쪽에 위치한 서역이었다.

그리고 그곳을 바라본 우치의 눈동자가 흔들렸다.

"설마…… 사사혈교를 노리시는 겁니까?"

최근 사사혈교는 완전히 그 위세를 잃어 가고 있었다.

혁련휘에게 그들의 교주인 대라혈신과, 핵심 무인들인 사막야차들 모두를 잃었다.

자연스레 그들은 내분이 일어나며 사분오열하기 시작했고, 점점 존속 자체가 위태로워지고 있는 상황이다. 그리고 그런 그들을 이 사내는 가지려 하고 있었다.

그들이 여태까지 가졌던 서역 내의 그 지지 기반과, 영토.

그 모든 건 분명 탐날 만한 것들이었으니까.

"먹을 만한 먹잇감이 약해진 지금이 절호의 기회지. 혈갑도수대에게 내 명을 전하거라. 귀주성의 그들을 제거하고 곧바로 사사혈교를 나에게 바치라고."

말을 마친 사내가 어둠 속에서 한 발자국 내디뎠다.

그가 다소 들뜬 목소리로 말을 이었다.

"사사혈교는 나의 서역 진출의 교두보가 될 것이다."

사내가 원하는 건 중원뿐만이 아니다.

중원을 넘어서 새외, 그리고…… 천하까지.

그렇게 천하를 먹기 위한 사내의 움직임이 서역을 향해 뻗어 가는 그때, 혈갑도수대가 움직일 그곳으로 비설 또한 달려가고 있었다.

* * *

비설은 쉼 없이 움직였다.

그녀에게 주어진 시간은 십팔 일이었고, 그저 왕복만 하기에도 다소 빡빡한 시간이었다.

허나 그녀에겐 그곳에 가서 해야 하는 임무까지 있었다.

만보신면을 찾아야 하고, 또 그에게서 인피면구를 벗겨 낼 방도도 알아내야만 했다.

그것까지 감안하면 아주 짧은 시간이라도 허투루 쓸 순 없었다.

그랬기에 비설은 계속해서 달렸다.

잠을 잘 여유조차 없었기에 그녀는 잠시 쉬는 틈을 이용해 일각(15분) 정도만 눈을 붙이며 최소한의 휴식을 취했다.

인간의 한계를 뛰어넘는 혹독한 일정이었지만 비설은 흔들리지 않았다. 그녀는 겉보기와는 다르게 무척이나 강한 여인이었으니까.

그리고 비설은 이 일에 대해 한마디의 불평도, 힘듦도 표현하지 않았다.

다른 사람도 아닌 혁련휘를 위한 일이었으니까.

그를 위한 일이었기에 비설은 웃는 얼굴로 이번 임무를 수행하고 있었다.

그렇게 말도 안 되는 일정을 소화한 덕분에 비설은 생각보다 빠르게 귀주성 천주라는 마을로 들어설 수 있었다.

이곳까지 오는 데 걸린 시각은 고작 육 일.

실로 말도 안 되는 움직임이었다.

해가 진 지 한 시각 정도가 지난 지금 천주에는 많은 이들로 북적였다.

술자리가 막 시작할 시간이니만큼 화려한 등들이 시선을 어지럽힌다.

그녀는 지친 몸을 이끌고 천천히 걷고 있었다.

가짜 혁리원의 얼굴을 하고 있는 것으로 판단되는 그림자 무사인 혈영검 가후가 구입한 장원은 이곳 천주에서 조금 떨어진 곳에 위치하고 있다.

지금까지 다급히 달려와 놓고 바로 그곳으로 가지 않고 굳이 이곳 천주에 들른 것은 비파월과의 만남을 위해서다.

비설이 잠입해야 할 그곳에 대해 완벽한 정보가 없었고 그걸 알아내기 위해서는 비파월 또한 시간이 필요했다.

그랬기에 비설이 달려오는 동안 그걸 알아내고, 이곳 천주에서 그 정보를 받기로 한 것이다.

비설은 오늘을 보낼 객잔을 찾기 위해 천주의 번화가를 걸었다. 그리고 유흥가와 다소 떨어져 조용한 곳의 객잔에 얼굴을 들이밀었다.

객잔에 들어서기 무섭게 자신에게 찾아오는 점소이를 향해 비설이 물었다.

"잘 방 있어요?"

"예, 있습니다."

"그래요? 그럼 방 하나만 좀 부탁할게요. 저녁 식사는…… 만두만 좀 올려 주시고요."

가격까지 지불한 비설은 피곤한 몸을 이끌고 곧바로 객잔 바깥으로 걸어 나갔다. 쉬기 전에 해야 할 일이 하나 있었으니까.

그녀는 객잔 외벽에 슬그머니 흔적 하나를 남겼다.

비설이 새긴 구(口)자라는 글자는 비파월과 사전에 약속된 신호였다.

그녀가 자신이 머무는 객잔에 이 흔적을 남기고, 그럼 비파월이 그곳으로 정보를 가지고 찾아올 예정이었다.

간단한 흔적을 남긴 비설은 곧바로 객잔 안으로 걸어 들어와 자신에게 배정된 방으로 걸어 들어왔다.

이곳까지 오는 육 일 내내 고작 일각 정도씩 눈을 붙인 게 전부인지라 피곤함이 밀려들었다. 그럼에도 불구하고 비설은 점소이가 가지고 온 만두까지 모두 먹고서야 자리에서 일어났다.

"하암."

길게 하품을 한 그녀가 천천히 침상으로 다가가 이불 안으로 기어들어 갔다.

비설은 이불 안에 몸을 밀어 넣은 채로 눈을 감았다.

"……졸리다."

이곳까지 오는 내내 나무에 기대어 잤던 것이 전부인지라 이토록 편한 잠자리는 오랜만이었다. 긴장이 풀리며 온몸이 노곤해지는 느낌.

비설은 무거운 눈꺼풀을 감고 천천히 잠에 빠져들었다.

그렇게 비설이 잠에 든 지 약 반 시진 가까운 시간이 지났을 무렵.

쌔근거리며 잠에 빠져 있던 비설의 손가락 끝이 이불 안에서 꿈틀거렸다.

피곤한 상태에서 잠에 든 지 그리 오랜 시간이 지나지 않았음에도 불구하고 그녀의 감각은 여전히 날카로웠다.

비설이 눈을 감은 채로 입을 열었다.

"발소리 안 죽이셔도 돼요. 이미 들켰으니까."

말과 함께 그녀의 이불 속에 있는 손에는 어느새 검이 쥐어져 있었다.

상대가 악의를 가지고 나타난 자라 해도 반격할 수 있는 만반의 준비가 이미 끝나 있는 것이다.

비설이 당장이라도 자리를 박찰 준비를 끝마친 그때였다.

창을 통해 안으로 몰래 들어온 자가 입을 열었다.

"비파월에서 왔습니다."

그 말을 듣는 순간 비설을 감고 있던 눈을 번쩍 떴다.

그녀가 자리에서 벌떡 일어났다.

눈을 뜬 비설의 시선에 평범한 복장을 한 사내 한 명이 자리하고 있었다.

표식을 남긴 지 얼마 되지 않았거늘 벌써 비파월이 자신을 찾아온 것이다.

비설이 놀란 듯이 말했다.

"생각보다 빨리 오셨네요."

"……제가 드려야 할 말을 먼저 하시는군요."

사내가 알기로 분명 며칠 전에 마교에서 움직였다 들었다.

그런데 벌써 이곳 귀주성 천주에 도달해 있다니. 눈으로 보고도 쉬이 믿기 어려운 일이었다.

하지만 놀람도 잠시.

사내는 곧바로 자신에게 주어졌던 임무를 위해 준비해 뒀던 뭔가를 비설에게 건넸다.

그건 다름 아닌 비설이 가야 하는 그 장소의 내부 지도였다.

"구하느라 생각보다 애를 먹었습니다. 그 장원을 만든 자를 직접 만나서 구한 지도니 정확할 겁니다."

"그렇군요. 그런데…… 이건 뭐죠?"

지도 내에서 비설의 시선을 잡아 끈 건 다름이 아닌 붉은색 실처럼 길게 이어진 알 수 없는 선이었다. 장원 내부에서부터 시작하여 바깥까지 이어지는 그 붉은 선이 뭔지 비설은 궁금했던 것이다.

그녀의 질문이 나오기 무섭게 기다렸다는 듯 사내가 말했다.

"설명드리려 했던 부분인데 그 붉은 선은 비밀 통로랍니다."

"비밀 통로요? 평범한 장원에 왜 비밀 통로가 있는 거죠?"

"그게 건물을 설계한 자가 뭔가 좀 찜찜해서 만들었답니다."

"찜찜하다니요?"

"그자 말을 들어 보면 종종 그런 일이 있답니다. 비밀스럽게 건축물을 만드는 경우가 있는데, 그럴 경우 내부의 지형이 바깥으로 알려지지 않게 하기 위해 그 건물을 설계한 자를 비롯해 모두를 죽이기도 한답니다. 그런 일을 대비해 찜찜한 일을 맡게 되면 살기 위해 몰래 비밀 통로를 만들곤 하는데 그게 바로 이 장원이었답니다."

"아, 그런 일도 있군요. 그래서 어떻게 되셨대요?"

"지금 이 지도를 건네준 자를 제하고는 그 누구도 찾을 수 없었습니다."

"그 말은…… 죽였다는 건가요?"

"아마도요."

사내가 고개를 끄덕이며 대답했다.

내부의 지리를 아는 모두를 살인멸구했고, 지도를 전해 준 그자만이 설계를 하면서 혹시 모를 이 상황에 대비해 만든 비밀 통로를 통해 목숨을 건질 수 있었던 것이다.

장원에 얽힌 비밀스러운 이야기를 전해 들으며 비설은 더욱 수상함을 가질 수밖에 없었다. 내부의 지형이 빠져나가지 못하게 관련된 모든 이들까지 죽일 정도의 장소라…….

그녀의 표정에 확신이 서렸다.

지도에 그려져 있는 장원은 무척이나 특이한 구조였다.

쉽사리 바깥에서 안을 살필 수 없게 건물로 내부를 가리는 형상이다.

더군다나 길을 미로처럼 만들어 놔서 한번 발을 들이는 순간 쉽사리 방향을 찾기 어려운 구조다.

여러 갈래의 길을 따라가면 또 생기는 여러 갈래의 길.

거기다 지하로 이어지는 기다란 감옥과도 같은 곳들도 존재했다.

또한 그 길목 곳곳에는 많은 무인들이 배치될 만한 거점들 또한 존재했다.

그리고 그 한 곳에 몰래 숨겨져 있는 비밀 통로.

비설은 비밀 통로를 유심히 보다 고개를 끄덕였다.

"이 정도면 될 것 같아요. 지도 구해 오느라 고생하셨어요. 이후의 일은 제가 마무리 할 테니 지금부터는 손 떼시면 돼요."

말을 마친 비설이 짐을 주섬주섬 챙기기 시작했다.

그런 그녀를 향해 사내가 물었다.

"지금 바로 움직이시려는 겁니까?"

"네. 그래야죠."

"여기까지 오시느라 고생하셨을 텐데 조금 쉬셨다가 움직이시는 게 낫지 않겠습니까?"

사내의 말에 비설이 잠시 그를 바라봤다.

틀린 말은 아니다.

장기간 잠도 제대로 못 자고 달린 탓에 쉬고 싶은 마음이야 굴뚝같았지만, 그녀는 고개를 저었다.

"아뇨. 이 임무는 시간과의 싸움이거든요. 쉬고 있을 시간은 없죠."

아직은 시간이 넉넉했지만 인피면구를 벗길 방도를 찾는 것에 얼마나 긴 시간이 걸릴지는 알지 못했다. 최악의 경우 만보신면이 자신에게 호의적이지 않을 수도 있다.

그렇다면 그를 설득해야 했고, 그러려면 시간이 필요했다.

혹시 모를 모든 사태를 대비하기 위해 비설은 쉬고 싶다는 욕망을 털어 버린 채로 모든 준비를 끝냈다.

비설이 사내에게 짧은 인사를 건넸다.

"전 그럼 이만."

말과 함께 비설은 곧바로 창문틀을 박차고 날아올랐다.

순식간에 보이지 않는 먼 거리까지 주파해 버리는 비설의 뒷모습에 방에 남게 된 사내는 놀란 듯 눈을 치켜떴다.

짧은 만남, 그렇지만 사내는 알 수 있었다.

그가 창밖을 멍하니 바라보며 나지막이 중얼거렸다.

"……대단한 자로군."

비파월의 인물에게서 지도를 받기 무섭게 움직이기 시작한 비설은 곧바로 천주를 벗어나 목적지를 향해 달려 나갔다.

이번 일이 혁련휘에게 얼마나 중요한지 잘 아는 비설이었기에 그녀는 어떻게든 이 임무를 성공시키고 싶었다.

그렇게 각오를 다지며 도착한 그곳.

그 장원을 목전에 둔 비설은 잠시 숨 고르기에 들어갔다.

'저기야.'

겉보기에 장원은 그리 특별하지 않아 보였다.

허나 지도로 확인한 장원 내부는 쉬이 길을 찾기 어려워 보였다.

특이한 구조로 되어 있는 탓에 섣부르게 들어섰다가는 도리어 함정에 빠졌을지도 모른다.

그리고 이 지도를 얻게 되면서 비설이 얻은 가장 큰 수 확.

그건 역시나 비밀 통로다.

'비밀 통로는 지하로 연결되어 있어.'

지도도 있는 이상 비설의 실력이라면 정면 돌파는 문제도 아니다.

허나 지금 중요한 건 이곳에 있는 이들을 제압하는 게 아니라는 거다. 이곳에 있을 만보신면, 그를 무사히 구해 내야 하는 지금 소란스러운 잠입은 반드시 피해야만 했다.

비설을 막지 못할 거라는 걸 그들이 아는 순간 그들이 택할 최후의 선택이 무엇일지 불 보듯 뻔했기 때문이다.

'만보신면을 죽일 거야. 그리고 그걸 피하기 위해서는…….'

비밀 통로는 도망치기 최고의 조건을 갖췄다.

그리고 그 말은 곧 반대로 돌려 말하면 잠입하기에도 최고의 조건을 갖췄다는 걸 뜻하기도 했다. 그랬기에 비설은 이 비밀 통로를 통해 안으로 잠입할 예정이었다.

정말로 만보신면이 갇혀 있다면 과연 그가 있는 곳은 어디일까?

바로 지하에 숨겨져 있는 장소 중 하나일 것이다.

지상보다는 지하가 보다 도망치기 어렵고, 또한 감시하는 것 자체가 용이할 테니까.

의심스러운 장소는 지하에 숨겨진 공간 세 군데. 그녀의 계산이 맞다면 아마도 그곳들 중 한 군데에 만보신면이 있을 공산이 컸다.

멀찍이 서서 장원을 살펴보던 비설이 슬그머니 방향을 돌렸다.

저 장원의 지하로 들어가는 비밀 공간은 살짝 떨어진 곳에 위치한 자그마한 동굴이었다.

지도에 표시된 동굴을 찾아 나선 비설은 곧 그곳을 발견할 수 있었다.

동굴의 입구를 찾기 무섭게 비설이 한 건 다름 아닌 흔적을 찾는 일이었다.

당시엔 알지 못했다고 해도 오랜 시간이 지나며 이 비밀 통로가 발각되었을 수도 있다. 그렇다면 그 통로를 이미 막아 두었거나, 이곳에도 감시하는 인원을 보냈을 것은 자명한 노릇.

비설은 주변을 비롯한 동굴 내부를 빠르게 살폈지만 다행히도 사람의 흔적은 느껴지지 않았다.

동굴 안으로 걸어 들어간 비설이 손바닥으로 벽을 쓸면서 걷기 시작했다.

그리고 이내 동굴의 막다른 곳까지 다다른 그녀가 벽을 더듬거리며 중얼거렸다.

"이쯤인 것 같은데."

가볍게 주먹을 말아 쥔 비설이 동굴 벽을 툭툭 치면서 소리를 확인했다.

탁탁 하는 울림에 귀를 기울이던 그녀에게 마침내 이질적인 소리가 밀려들었다.

퉁퉁.

속이 빈 나무를 두드리는 듯한 소리에 비설의 눈동자가 빛났다. 돌벽으로 된 동굴 내부에서 이런 소리가 난다는 건 곧 비밀 통로와 연결된 장소라는 걸 뜻했기 때문이다.

주변과는 다른 장소를 발견한 비설은 곧바로 손바닥으로 벽면을 밀었다.

그러자 이내 돌이 움직이기 시작했다.

크르릉.

바닥이 갈리는 소리와 함께 돌벽이 원을 그리듯 밀려 나갔고, 그 사이로 자그마한 틈이 모습을 드러냈다.

오랫동안 쓰지 않아 먼지가 가득한 바닥과 퀴퀴한 냄새까지.

한 치 앞도 분간하기 힘든 어둠이 가득한 그곳으로 비설은 망설이지 않고 몸을 들이밀었다.

그녀의 몸이 비밀 통로를 따라 어두운 길을 조용히 걷기 시작했다.

주변은 깜깜했지만 그런 것들이 비설의 움직임을 느리게 할 순 없었다.

그녀는 안력을 끌어 올렸고, 덕분에 이런 어두운 곳에서도 환한 대낮처럼 주변의 모든 것들을 확인할 수 있었다.

걸어가는 와중에도 비설은 빠르게 이곳의 모든 것을 눈에 담았다.

길은 생각보다 좁았지만 비설이 움직이는 데 크게 불편하지 않았다.

걸음을 옮기던 비설의 손이 천천히 턱 아래에 걸어 두었던 복면을 잡아당겼다.

얼굴을 가리기 위해 코 근처까지 복면을 끌어당긴 그녀는 이내 준비해 온 검은 천으로 자미쌍검의 검집을 둘둘 감았다.

특이한 검집 자체를 감추기 위함이다.

일사천리로 자신의 정체를 감출 모든 방비책마저 끝낸 비설의 눈에 이내 막다른 벽이 모습을 드러냈다.

굳이 확인하지 않아도 비설은 이곳이 목표한 지점이라는 걸 알 수 있었다.

비밀 통로에 들어서서 걸음을 옮기는 내내 보폭으로 거리를 쟀던 그녀다.

그랬기에 이 막다른 벽을 보기 전부터 언제쯤이면 목표

한 지점에 도달할지 어느 정도 가늠하고 있었던 것이다.

그녀는 벽에 바짝 기대어 선 채로 너머의 기척을 살폈다.

내부로 이어져 있는 기다란 통로가 지하의 어디와 연결되어 있는지를 지도를 통해 이미 확인한 상태였다.

애초에 사람들이 잘 오고 갈 이유가 없는 곳에 만들어 둔 비밀 통로, 기척은 느껴지지 않았다.

비설은 자신의 양 손바닥에 입김을 불어 넣고는 가볍게 손가락을 풀었다.

'자, 그럼…… 시작해 볼까.'

속으로 중얼거리는 것과 동시에 비설은 두 자루의 자미쌍검을 천천히 뽑아 들었다.

그러고는 자신이 몸을 기대고 있던 벽을 어깨를 이용해 천천히 밀었다.

그러자 그 벽은 들어올 때와 마찬가지로 서서히 원을 그리며 밀려 나갔다.

벽이 밀려 나가며 드러난 내부의 공간.

마찬가지로 지하의 공간이긴 했지만 비밀 통로보다는 한결 공기가 나은 느낌이었다. 덕분에 숨을 쉬기 한결 편안해졌다.

지하로 길게 이어진 길, 그리고 곳곳에 위치한 어둠을 밝히는 불들 덕분에 지하임에도 불구하고 내부는 무척이나 밟았다.

처음 와 보는 장소임에도 불구하고 비설은 자신 있게 걸음을 옮기기 시작했다.

그녀의 머릿속에는 이미 지하의 구조가 완벽히 박혀 있었다.

비설이 예상했을 때 이 지하에 기거하는 무인의 숫자는 그리 많지 않을 것이라 생각했다.

가뜩이나 좁은 공간, 그리고 비밀 통로의 존재를 알지 못했다면 굳이 이 지하를 지키기보다는 지상에 있는 장원의 길목을 택했으리라.

하루 이틀이면 모를까, 만보신면이 사라진 지 무려 십 년이 넘는 시간이 흘렀다.

그 긴 시간을 이런 지하에서 지내는 건 무인이라 할지언정 쉬운 일이 아니다.

그녀가 걸음을 옮기며 만보신면이 갇혀 있을 공산이 컸던 세 개의 공간을 떠올렸다.

'창고로 사용될 것 같은 세 개의 장소. 그중 하나에 그가 있을 거야.'

지하도를 걷는 도중에 몇 번의 갈림길이 나왔지만 정답을 알고 있는 이상 그건 더는 미로가 아니었다. 더군다나 지하의 길은 지상 정도로 복잡하지도 않았다.

목표했던 첫 번째 장소, 그렇지만 그 내부를 확인한 비설의 눈동자에 아쉬운 감정이 스치고 지나갔다. 그곳에는 커다란 상자 몇 개만이 자리하고 있을 뿐, 사람의 모습은 보이지 않았다.

그걸 확인한 비설은 곧바로 다음 목표 지점을 향해 움직였다.

너무나 쉽게 길을 따라 걷던 비설의 눈에 의자에 앉은 채로 꾸벅거리며 졸고 있는 무인 하나가 들어왔다.

일순 제압을 하기 위해 움직이려던 비설은 금세 생각을 바꿨다.

가뜩이나 기척을 없애고 움직이던 그녀가 더더욱 발걸음을 조심스레 움직였다.

눈을 뜨고도 놓칠 정도의 뛰어난 무공을 지닌 비설이다. 그런 그녀를 졸고 있는 사내가 감지하는 건 역부족이었다.

마치 같은 편인 것처럼 비설은 졸고 있는 사내의 앞을 편안하게 걸어서 통과할 수 있었다.

만보신면을 채 구출하기 전에 혹여 모를 순찰자가 쓰러진 동료를 발견해 길목을 조이고 들어오면 곤란해질 상황을 염두에 둔 비설의 선택이었다.

이윽고 도착한 비설이 예상했던 두 번째 장소.

그리고 그곳은…… 아까 확인했던 첫 번째 장소와는 뭔

가가 많이 달랐다. 가장 먼저 눈에 띈 것은 쇠창살이었다.

움푹 파여 있는 공간은 쇠창살로 막혀 있었고, 그 안에는 정체를 알 수 없는 통들이 줄지어 자리했다.

그리고 그 통들 사이에 언뜻 모습을 비치는 거뭇거뭇한 존재까지.

비설의 눈에 비치는 그자의 행색은 말이 아니었다.

피골이 상접했다는 말이 어울릴 정도로 빼빼 말랐고, 제대로 씻지 못한 게 얼마나 됐는지 가늠할 수 없을 정도로 드러난 모든 부분이 새카맸다.

그랬기에 처음 보는 순간 사람인지 아닌지 의심을 했을 정도였다.

산발에 엉망을 한 머리로 그자는 벽을 바라본 채 알 수 없는 말을 중얼거리고 있었다.

광인(狂人).

그 단어로밖에 표현되지 않는 노인 한 명이 그곳에 존재하고 있었다.

비설이 쇠창살을 향해 다가가 그것을 강하게 움켜잡았다.

지저분하긴 했지만 그렇다고 해서 얼굴까지 알아보지 못할 정도는 아니었다.

그리고 새카맣고 삐쩍 말라 버린 모습에서 비설은 만보

신면의 외모가 그려져 있던 초상화에서 보았던 그의 일면을 확인할 수 있었다.

자신이 들었던 것과는 완전히 변해 버린 한 사람의 모습을 보며 비설은 떨리는 목소리로 입을 열었다.

"만보신면 어르신이십니까?"

옆에 있는 벽을 바라보며 웅얼거리던 그가 비설의 목소리에 움찔하고는 천천히 고개를 돌렸다. 그리고 고개를 돌려 정면으로 눈을 마주하는 순간 비설은 확신할 수 있었다.

'만보신면이야.'

퀭한 눈동자와 들었던 것과는 전혀 다른 마른 인상이었지만 분명 이자가 만보신면이다.

비설을 바라보는 그의 눈동자엔 생기가 느껴지지 않았다.

어디를 바라보는지조차 가늠할 수 없을 정도로 만보신면은 멍했다.

비설이 쇠창살을 강하게 쥔 채로 입을 열었다.

"어르신, 구하러 왔습니다."

"……나를 말인가?"

구하러 왔다는 말에 만보신면이 천천히 물었다. 들려온 그의 목소리는 무척이나 갈라져 있었다.

그를 바라보던 비설은 괜스레 마음이 아팠다.

그간 이 빛 한 점 들지 않는 지하에 갇혀 얼마나 고통스러운 시간을 보냈는지 가늠하기 힘들 정도다.

지옥이었을 게다.

하루하루 견뎌 내기 힘든 그런 삶을 살아왔으리라. 그렇지 않고서야 그토록 총명하고 자신만만했다 들었던 자가 저토록 망가져 있을 리가 없지 않은가.

비설이 고개를 끄덕였다.

"제가 구해드리겠습니다. 우선 나가시죠."

"자네는 누군가?"

"그건…… 자세한 건 나가서 말씀드릴게요. 우선은 여기부터 나가죠. 이곳은 위험합니다, 어르신."

비설의 제안, 그렇지만 돌아오는 그의 대답은 예상 밖이었다. 멍한 눈으로 비설을 올려다보던 그가 천천히 고개를 저었다.

"난 못 나가네."

"어째서요? 어르신도 이곳에서 더 계시고 싶지 않으실 것 아닙니까."

"크, 크크크!"

비설의 말에 갑자기 만보신면이 웃음을 터트렸다.

웃고 있는 만보신면을 그녀가 바라보고 있을 때였다.

그가 자신의 지저분한 옷자락을 확 하고 들쳤다.

그리고 그곳에서 드러난 하반신을 보는 순간 비설의 눈동자가 크게 치켜떠졌다.

그런 비설을 향해 만보신면이 자괴감이 가득한 목소리로 말했다.

"이제 답이 되었는가?"

들쳐진 옷 속에서 모습을 드러낸 하반신은 상상 이상으로 끔찍했다.

발목이 잘려져 나갔다.

발이 없으니 걸을 수가 없고, 거동하는 것 또한 쉽지 않다.

만보신면이 자신의 잘린 양쪽 발을 내려다보며 말했다.

"처음 이곳에 잡혀 오자마자 이 두 발목이 잘려져 나갔어. 평생 걸을 수 없는 불구가 되어 버렸지."

"……제가 어르신의 발이 되어 드리겠습니다. 그러니 걸으실 수 없다 하셔도 빠져나가는 건 걱정 안 하셔도 됩니다."

만보신면은 걸을 수가 없는 상황이다.

그랬기에 비설은 자신이 업고서라도 도망치겠다 말하고 있는 것이었다.

그런 그녀를 향해 만보신면이 고개를 저으며 말을 이었다.

"무릴세."

"대체 왜 그리 겁을 내시는 겁니까? 어르신은 아무것도 안 하셔도 됩니다. 제가 어르신을 구해 낼 테니까요. 그런데 대체 왜……."

"내 딸이 인질로 있으니까."

만보신면의 그 한마디에 비설이 움찔했다.

"인질이요?"

"그래. 내 딸이 인질로 잡혀 있다네. 그리고 만약 내가 이곳에서 나가게 되면 그 아이가 먼저 보복을 당하게 되겠지. 이미 폐인이 다 된 노인네가 자기 하나 살겠다고 딸을 버리라는 겐가?"

절대 그럴 수 없다는 듯 말을 내뱉으며 만보신면은 고개를 저었다.

그러고는 이내 더는 이야기하지 않으려는 듯 다시금 벽을 향해 몸을 돌리며 말을 이었다.

"난 나갈 수 없네. 그러니 괜히 시간 쓰지 말고 자네나 나가게. 그래도 오랜만에 사람을 만나 이야기를 나눌 수 있어 반가웠다네. 그것이면 난 족하니 이만 가게. 더 이상 할 말이 없으니."

그 말을 끝으로 만보신면은 벽을 향해 몸을 돌린 채로 가만히 눈을 감았다.

손으로 쥐면 으스러질 것 같은 가냘파 보이는 어깨.

그를 바라보던 비설은 입술을 깨물었다.

그녀가 입을 열었다.

"……그러니 나가셔야 합니다."

"못 들었는가. 내가 나가면 잡혀 있는 내 딸이 죽는다 말하지……."

다소 성이 난 듯이 말을 내뱉는 만보신면의 말을 자르며 비설이 말했다.

"그분은 이미 돌아가셨습니다."

"뭐?"

"어르신의 하나뿐인 여식은 이미 몇 년 전에 지병으로 돌아가셨어요. 그리고 그분은 한 번도 이들에게 잡힌 적이 없으셨습니다. 저희 쪽에서 돌아가실 때까지 보호했었으니까요."

"그게 무슨……."

"모르시겠습니까? 어르신은 이자들에게 속은 겁니다. 따님을 인질로 잡고 있다는 그 말에요."

비설의 말에 만보신면은 고개를 숙인 채로 부르르 떨었다.

분이 치밀었다.

십 년이라는 시간을 이곳 지하에서 보냈다.

이 지하에서는 숨도 쉬기 힘들고, 하루하루가 지옥과도 같았다. 죽는 것이 오히려 더 낫다 여기면서도 그가 목숨을 부지한 이유, 그건 모두 자신의 딸 때문이었다.

스스로 목숨을 끊는 순간 딸의 생명 또한 끝이 날 거라는 겁박에 그는 이 지옥을 버텼다.

그런데 그게 모두 거짓말이라고?

퀭하니 마른 그의 두 눈에서 눈물이 흘러내렸다.

그간의 세월이, 그리고 자신보다 먼저 죽어 버린 딸에 대한 안쓰러운 마음이 북받쳐 오르며 감정을 추스르기가 어려웠다.

그가 손으로 얼굴을 감싼 채로 흐느꼈다.

애써 소리를 죽이곤 있었지만 들썩거리는 만보신면의 어깨가 지금 그의 마음을 말해 주는 듯싶었다.

그런 만보신면이 안쓰러웠지만…….

"어르신, 눈물은 나가셔서 흘리셔도 됩니다. 시간이 없으니 서둘러 이곳을 빠져나가셔야 해요."

"자네가 관련된 곳에서 내 딸을 지켜 줬다고 했는가?"

"예, 그렇다고 들었습니다."

"소속이?"

만보신면의 질문에 비설은 일순 움찔했다.

북천회가 워낙 비밀스러운 단체였기 때문이다. 그렇지만

비설은 굳이 걱정할 필요가 없었다.

만보신면은 북천회라는 존재를 알고 있는 인물이었으니까.

비설은 숨김없이 말했다.

"북천회입니다."

"……거짓말이 아니었군."

딸이 죽었다는 말이 거짓이기를 바랐다. 자신이 바보처럼 이용당했다는 사실을 믿고 싶지도 않았다. 그랬기에 비설에게 물었다.

어디 소속이냐고.

만약 자신을 속여 데리고 나가려 하는 거라면 분명 다른 곳의 이름을 댔을 거라 여겼다. 그렇지만 비설의 입에서는 북천회라는 이름이 나왔고, 마지막에 자신의 딸을 보살펴 주던 그들이었기에 이 말은 틀리지 않을 공산이 컸다.

만보신면이 곧바로 물었다.

"하나만 묻겠네. 북천회에서 어째서 아직까지 날 찾아다녔던 겐가? 그저 날 구하기 위해 이곳에 온 건 아닐 텐데……."

"벗기고 싶은 인피면구 하나가 있습니다."

"그걸 왜 내게……."

"어르신이 만든 물건이니까요."

"내가?"

"예, 마교 소교주의 얼굴. 그게 어르신의 작품이지요?"

비설의 질문에 만보신면은 깜짝 놀랐다.

뭔가 짚이는 게 있는지 그가 되물었다.

"최근에 무척이나 잘생긴 사내의 인피면구를 만들었지. 설마 그 얼굴이 마교의 소교주였다고?"

"네, 맞을 겁니다. 그래서 전 그 얼굴을 벗겨야 하거든요. 그리고 그 방법을 아는 건 인피면구를 만든 어르신뿐이니까요."

"그렇긴 한데 북천회가 왜……."

막 말을 이어 가는 때였다.

비설의 감각에 뭔가 이상한 것이 걸렸다. 공기를 타고 밀려오는 미약한 피 냄새.

피 냄새를 맡는 순간 비설은 당황했다.

'분명 피야.'

이 지하에서 피 냄새가 요동칠 이유가 어디 있단 말인가. 비설은 더는 이곳에서 이야기를 나눌 시간이 없었다.

그녀가 황급히 말했다.

"대화는 나가서 하시죠. 무슨 일이 벌어진 것 같습니다. 바로 모실게요."

말을 마친 비설은 만보신면이 채 뭐라 하기도 전에 뽑아

들고 있던 자미쌍검으로 그를 가두고 있던 쇠창살에 가져다 댔다.

그녀의 내력이 움직이자 놀라운 일이 벌어졌다.

그 두꺼운 쇠창살이 마치 두부라도 된 것처럼 서걱 하며 잘려져 나간 것이다.

드나들 수 있는 공간을 너무나 쉽게 만든 비설이 안으로 걸어 들어갔다.

그리고는 놀란 듯이 그녀를 올려다보는 만보신면을 둘러업었다.

"갈게요."

막 말을 마치고 자리를 박차려는 비설을 향해 만보신면이 황급히 말했다.

"저기 있는 통 하나! 통 하나는 챙겨야 하네."

무슨 일이 벌어진 것인지 파악하기 힘든 상황, 숨 한 번 들이켜는 시간이 아쉬웠지만 비설은 그의 말대로 가장 가까이 있는 통을 향해 손을 뻗었다.

그러자 그 통이 거짓말처럼 비설의 손아귀로 빨려 들어왔다.

아무렇지 않게 허공섭물을 펼쳐 내는 비설을 보며 등 뒤에 업혀 있는 만보신면은 다시금 놀라운 표정을 지어 보였다.

인피면구를 만드는 자였기에 복면으로 가린 비설을 보고도 그녀가 무척이나 젊다는 걸 눈치챘다.

그런 이가 허공섭물이라니.

비설이 빨아 당긴 통을 등에 업힌 만보신면이 한 손으로 받아서 움켜쥐었다. 그리 크지 않은 통이었기에 그는 한쪽 겨드랑이에 그 통을 끼고는 고개를 끄덕였다.

비설은 만보신면을 둘러업은 채로 온 길을 거슬러가기 위해 다급히 발을 움직였다.

그렇지만…….

그녀는 알 수 있었다.

일련의 무리가 이쪽으로 다가오고 있다는 것을. 그리고 이 지하도의 길은 일자로 쭉 나 있는 탓에 상대방 또한 만보신면을 업고 있는 비설을 발견할 수 있었다.

그들의 정체는 다름 아닌 혈뢰주가 가주 주석인의 부탁을 받고 우치가 움직인 혈갑도수대(血鉀刀秀隊)였다.

그리고 그들의 뒤편으로는 비설이 이 길목을 지나갈 때 꾸벅거리며 졸고 있던 자가 사지가 찢겨진 채 바닥에 쓰러져 있었다.

비설이 맡았던 피 냄새의 주인공은 바로 그였던 것이다.

비설을 발견한 혈갑도수대의 인원들은 잠시 멈칫했다. 그렇지만 그녀의 등 뒤에 업혀 있는 만보신면을 확인하자 그들 중 선두에 있던 사내가 픽 하고 웃었다.

"네가 누군지 모르겠지만 이거 하나만은 분명하네."

피 칠갑을 한 것 같은 붉은 갑옷을 입고 있는 그가 복면을 쓴 비설을 보더니 비웃는 듯이 말을 이었다.

"운도 지지리 없는 놈이라는 거."

혈갑도수대 전원이 이곳 장원에 도착해 있었으니까.

9장. 혈갑도수대(血鉀刀秀隊)

— 그 안에 끝낼게요

비설이 비밀 통로를 이용해 장원에 들어서고 있었던 그때 또 다른 일련의 무리 또한 이곳에 도착했다.

그들의 정체는 다름 아닌 혈갑도수대였다.

붉은색의 갑옷이 마치 피를 뒤집어쓴 것 같은 섬뜩한 느낌을 자아내는 자들. 그들 전원이 비밀에 싸인 단체 수장의 명에 따라 이곳까지 모습을 드러낸 것이다.

장원을 지키고 있던 묵룡천가의 무인들은 아무런 의심 없이 문을 열었다.

사전에 상부로부터 오늘 일련의 무리가 올 거라는 보고를 받은 탓이다. 그렇지만 그것이 바로 지옥의 시작을 알리는 서막이 될 거라는 건 그 누구도 알지 못했다.

무혈입성에 가깝게 장원에 들어선 혈갑도수대.

그리고 그들이 돌변했다.

장원에 기거하는 묵룡천가 무인의 숫자는 얼추 스무 명 남짓에 불과했다. 그에 반해 혈갑도수대의 인원은 백 명을 넘었고, 그 무력 또한 그들에 몇 배 이상은 뛰어났다.

단 한 명으로도 이들을 도륙할 수 있을 정도의 무인들이 백 명이 넘게 나타났으니 그들이 버텨 냈을 리가 없다.

순식간에 지상에 있는 무인들을 정리한 혈갑도수대의 대원 중 하나가 누군가에게 다가왔다.

가장 뒤편에 앉아 그저 상황이 흘러가는 걸 보고만 있던 사내.

흰 피부에 고생이라곤 안 해 본 도련님 같은 외모의 소유자. 나이 또한 서른 중반 정도밖에 되지 않아 보였다.

그런 그의 앞으로 온 대원이 곧바로 무릎을 꿇었다.

"지상 정리 끝났습니다, 대주!"

"뭐 이렇게들 굼떠. 이래 가지고 서역으론 언제 가려고."

투덜거리는 사내.

그가 바로 이 혈갑도수대를 이끄는 대주 철무극(鐵無極)이라는 자였다.

허약해 보이는 외모와 달리 그는 엄청난 인물이었다.

전혀 알려지지 않았지만 그의 무력은 현 무림 최강자인 절대십마에 비견할 수 있을 정도였다.

혁리원의 죽음과 연관된 비밀 단체에서도 알아주는 고수 중 하나였으니 그 실력은 굳이 더 설명할 필요가 없을 정도다.

그런 철무극이 손가락으로 한 곳을 가리켰다. 그곳은 하나의 건물이었고, 그곳은 지하로 통하는 입구이기도 했다.

"네가 애들 몇 명 데리고 들어가서 남은 놈들 처리하고 와. 다른 놈은 몰라도 만보신면인가 하는 그 늙은 놈 머리통을 가지고 오고. 상부에 확인시켜 줘야 하니까."

"대주, 지하에는 두어 명 정도밖에 없다는데 굳이 저까지 갈 필요가……."

딴에는 조장인 자신이 가는 게 탐탁지 않다는 듯 그가 말을 이을 때였다. 철무극이 손가락으로 건물을 가리킨 채로 픽 웃었다.

"가라니까?"

"알겠습니다."

웃고 있는 철무극을 보며 조장 사내가 고개를 끄덕였다.

오랜 시간 함께했기에 알 수 있었다. 지금 그의 웃음은 짜증이 났다는 걸 의미한다는 것을.

철무극의 명을 받은 그가 시체들을 처리하고 있는 수하들에게 다가가며 소리쳤다.

"삼 조 전원 날 따라와."

혈갑도수대는 백 명이 살짝 넘는 인원으로 이루어져 있고 십여 명 정도가 한 개 조를 이룬다. 그리고 이자가 삼 조를 이끄는 조장이었다.

그는 자신의 휘하에 있는 열 명의 수하들을 이끌고 지하로 들어가는 길목으로 들어섰다.

사내는 수하들을 데리고 거침없이 지하도 안으로 들어가 길을 타고 움직였다.

이미 내부 지리는 알고 있었기에 목적지로 가는 건 어렵지 않았다.

거칠게 나아가던 그들의 눈에 이쪽으로 걸어오는 묵룡천가의 무인이 보였다.

묵룡천가 무인 또한 상대를 발견했지만 별다른 기색을 보이지 않았다.

오늘 이곳에 상부에서 보낸 이들이 온다는 걸 알고 있었기에 그냥 의례적으로 내부를 확인하려 하는 건가 보다 했기 때문이다.

그렇지만 점점 거리가 좁혀 오자 그자의 표정이 점점 딱딱하게 굳었다.

무인이었기에 알 수 있었다.

저들의 갑옷에서 풍겨져 나오는 피 냄새를.

그리고 피 냄새가 난다는 건 살육을 한 지 얼마 안 됐다는 걸 의미했다.

뒤늦게 뭔가를 깨닫고 그자가 몸을 돌리고 도망치기 시작했을 때였다.

부우웅!

날아든 도 한 자루가 정확하게 사내의 등을 쪼개 버렸다.

등에 도가 틀어박힌 그자는 바로 바닥에 널브러졌고, 그자를 밟으며 열 명의 무인들이 앞으로 걸어갔다.

그리고 이내 모습을 드러낸 건 의자에 앉아 꾸벅거리며 졸고 있는 자였다.

수하들이 먼저 움직이려 했지만 조장 사내가 선두에서 손을 들어 그들을 막아섰다.

그가 도를 비스듬히 든 채로 실실 웃었다.

"저놈은 내가 썰 테니까 다들 나서지 말고."

"예, 조장."

그들의 대화와 함께 들려오는 비웃음 소리에 졸고 있던 사내가 퍼뜩 눈을 떴다.

그렇지만 이미 그때는 늦었다.

정신을 차리고 있었어도 피할 수 없었던 공격이다. 그런 공격이 정신을 차리기 무섭게 치고 들어오고 있으니 막을 수 있을 리 만무했다.

쐐엑! 퍼어억!

도가 어깨를 베고 지나갔고 그는 그대로 바닥에 쓰러졌다.

지금 이게 꿈인지 생시인지를 분간하기 힘들 정도로 사내는 당황하고 있었다.

허나 이 고통은 가짜가 아니었다.

"으으윽!"

잘려져 나간 어깨를 움켜쥔 채로 사내가 비명을 흘릴 때였다.

그리고 그런 그의 위로 도를 치켜든 혈갑도수대의 삼 조 조장 사내가 다가왔다.

그가 비웃으며 말했다.

"벌써부터 죽으려고 하면 안 되지. 이제부터 시작인데 말이야."

퍽퍽퍽!

말과 함께 그의 도가 미친 듯이 상대를 찍어 댔다.

참혹하게 상대를 죽인 그가 피가 잔뜩 튄 얼굴을 손으로 닦아 내며 기분 좋게 웃었다.

그런 그에게 뒤편에 있는 수하 하나가 말했다.

"조장, 서두르시죠. 더 시간을 지체했다가는 대주님께 한 소리 들을 겁니다."

"하여튼 잔소리는."

말을 마친 그가 막 상대의 몸에 박혀 있는 도를 뽑아 들고 두어 걸음 나아갔을 때였다.

지하도의 끝 쪽에 있는 누군가의 모습이 눈에 들어왔다.

복면을 쓴 호리호리한 자, 그리고 그런 자의 등 뒤에 업혀 있는 행색이 말이 아닌 노인까지.

사내는 자신도 모르게 어처구니없다는 듯한 웃음이 흘러나왔다.

'이것 봐라?'

일이 어찌 된 건지 모르겠지만 이곳 장원에 들어온 건 자신들뿐만이 아니었던 모양이다. 정체를 알 수 없는 저 복면인 또한 이곳 장원에 잠입했던 상황인 것이다.

물론 목적은 지극히 달라 보였지만 말이다.

만보신면을 죽이려던 자신들, 그리고 그런 그를 빼 가려던 저 쥐새끼.

삼 조 조장 사내가 말했다.

"네가 누군지 모르겠지만 이거 하나만은 분명하네."

누군지 모를 상대가 애처롭기까지 하다.

하필이면 만나도 자신들을 만났으니 말이다. 자신들을

만난 이상 저 정체 모를 자가 살아 나갈 확률은 눈곱만큼도 존재하지 않다 여겼으니까.

"운도 지지리 없는 놈이라는 거."

그가 자신만만하니 말을 내뱉었다.

비설은 마주 보는 순간부터 알 수 있었다.

'……이자들 강해.'

이곳을 지키고 있는 것이 묵룡천가의 무인들이라는 사실 또한 전해 들은 상황.

그렇지만 적어도 이들이 이 장원을 지키던 자들이 아님을 비설은 알아차렸다.

그들의 무력이 이토록 뛰어났을 리도 없고 같은 동료인 상대를 저토록 참혹하게 죽였을 이유도 없으니 말이다.

그렇다면…….

'누군가가 이곳을 정리하려고 했다는 건데.'

그게 누구일지는 굳이 고민하지 않아도 알 수 있었다.

이 장원이, 그리고 만보신면이라는 존재가 드러나서는 안 되는 자일 건 뻔한 이야기였으니까.

지금 같은 상황에 그런 자들이 누구겠는가?

혁련휘의 반대편에 선 칠대천들. 바로 그들이다.

상대가 적이라는 건 확실한 상황. 비설은 더는 머뭇거릴 이유가 없었다.

그녀가 자신의 등에 업혀 있는 만보신면에게 나지막이 말했다.

“어르신, 꽉 잡으세요. 탈출하는 길이 생각보다 번거로워져서요.”

“……가능하겠는가?”

무공이 그리 빼어나진 않았지만 자신들을 가로막은 사내들에게서는 누가 봐도 알 정도로 위험한 느낌이 물씬 풍겨져 나왔다. 엄청난 기세가 뿜어져 나오는 그들을 이곳에서 홀로 상대한다는 건 어렵다 못해 불가능해까지 보였다.

그런 만보신면의 걱정스러운 말에 비설이 괜찮다는 듯 말했다.

“좀 어지러우실 거예요. 그냥 눈 꽉 감으시고 백 정도만 속으로 세고 계세요. 그 안에 끝낼 테니까.”

너무나 자신 가득한 비설의 말에 만보신면은 본인도 모르는 새에 고개를 끄덕이며 눈을 감고 있었다.

그리고 그런 비설의 말을 들은 혈갑도수대의 무인들의 얼굴은 더욱 험상궂게 변했다.

선두에 있는 삼 조 조장이 어처구니없다는 듯이 말했다.

“뭐? 백을 셀 동안 우리를 끝낸다고?”

거리는 멀었지만 비설의 목소리는 좁은 공간을 타고 울

려 그들의 귓가에까지 똑똑히 틀어박혔다.

기가 차다는 듯한 그의 목소리.

그렇지만 비설은 농담이 아니었다.

그녀가 두 자루의 검을 든 채로 앞으로 걸음을 옮겼다. 그런 비설을 보며 조장 사내가 비웃으며 말했다.

"그게 가능할 거라 여기고 지금 덤비는 게냐?"

그런 사내의 말에 비설이 가볍게 말을 받았다.

"궁금하면 그쪽도 백을 세 보든지요. 그때 당신이 어떻게 되어 있을지 보여드릴 테니까요."

말과 함께 비설이 발을 가볍게 굴렀다.

그렇지만 그 가벼움과 달리 그녀의 몸은 공간을 가로지르듯이 다가왔다.

손에 들린 두 자루의 자미쌍검이 날카롭게 흔들렸다.

갑작스럽게 거리를 좁히고 들어오는 상대의 공격에 삼조 조장은 당황한 듯 자신의 도를 치켜세웠다.

카앙!

첫 소리와 함께 그는 이빨을 깨물었다.

생각보다 묵직하다.

어느새 거리를 좁힌 비설이 상대를 노려본 채로 기회를 엿보고 있었다. 두 자루의 검을 든 상대를 보며 그가 소리쳤다.

"어디서 겉멋만 배워 가지곤!"

쌍검술을 쓰는 대부분은 검이 두 자루라는 이점을 거의 살리지 못한다.

아무리 검이 두 개라고 할지라도 결국 그걸 쓰는 사람은 한 명이다.

생각 또한 한정적일 수밖에 없고, 결국 두 자루의 검은 따로따로 놀게 된다.

그랬기에 겉멋이 든 자들을 제하고는 쌍검술을 사용하는 이는 극히 드물다.

실용적이지 않으니까.

그렇지만 그런 사내의 고정관념이 벗겨지는 데 그리 오랜 시간이 걸리지 않았다.

파파파팍!

상하좌우를 가리지 않고 미칠 듯이 휘몰아치는 두 자루의 검에 사내의 몸이 갑자기 주체하지 못할 정도로 뒤로 밀려 나가기 시작했다.

그는 미친 듯이 사방을 휘몰아치며 일방적으로 날아드는 두 자루의 검을 막기에만 급급했다.

빠르다.

빨라도 너무 빠르다.

눈에 잔영이 보인다 싶으면 이미 검은 목적지에 닿아 있었고, 그걸 막기 무섭게 다른 방향에서 또 다른 검이 치고 들어온다.

그러던 차에 옆에 있던 수하 하나가 피를 뿌리며 쓰러져 나갔다.

자신과 검을 마주한 상태에서 수하 한 명을 베고 지나간 것이다.

파파팡!

빙글빙글 돌며 휘몰아치는 검이 턱 끝을 스쳤다. 자그마한 핏줄기가 핏 하고 터져 나감과 동시에 그 검은 곧바로 옆에 있던 수하의 목을 꿰뚫었다.

그리고 이어지는 검공.

도신으로 간신히 받아 냈지만 그 빈틈으로 비설의 발이 날아들었다.

퍼억!

쇠로 된 갑주를 입었거늘 전신이 흔들리며 균형이 무너졌다. 그가 다급히 도를 올려 쳤다.

그렇지만 그곳에 있던 비설의 신형은 이미 사라진 상황이었다.

"크악!"

그리고 뒤편에서 들려온 비명 소리.

사내는 놀란 듯 뒤를 돌아봤고, 그곳에선 이미 균형을 잃으며 쓰러지는 수하가 있었다. 그는 놀란 듯 숨을 들이켰다.

정신이 없었다.

동에 번쩍 서에 번쩍하며 날아드는 비설의 검이 순식간에 가운데를 헤집으며 자신들을 도륙하고 있었다.

그들 또한 절정 수준에 오른 고수들.

어떻게든 비설의 공격을 막고 또 반격하기 시작했지만 그녀의 검은 너무나 날카로웠다.

좁은 공간.

그것은 이들에게 치명적인 단점으로 작용됐다.

한 번에 전원이 달려드는 게 불가능했기에, 비설은 최대 세 명의 적만 신경 쓰면 됐다.

그런 지리적 이점에 비설의 재빠른 움직임이 더해지자 이곳은 그녀의 장점을 살릴 수 있는 최고의 싸움터가 되어 있었다.

그 탓에 비설은 만보신면을 등에 둘러업고도 일방적으로 혈갑도수대 한 개 조를 어린아이처럼 다루고 있었다.

'제길, 겨우 한 놈에게 밀린다고?'

믿을 수 없는 현실.

그렇지만 사내는 그런 현실을 받아들여야 했다. 순식간에 죽어 버린 수하들의 모습을 눈으로 보고 있었으니까.

"이 새끼가!"

그의 도를 타고 맹렬한 기운이 흘러나왔다.

지하 공간 전체가 흔들릴 정도로 맹렬한 기세가 뿜어져 나오는 기운에 비설 또한 주먹을 내질렀다. 그녀의 주먹을 타고 뻗어져 나온 권기가 곧바로 혈갑도수대의 조장 가슴에 틀어박혔다.

뻐엉!

소리와 함께 그의 몸이 허공으로 뜨며 뒤로 밀려 나갔다.

뒤쪽에 있는 수하들까지 힘을 써서야 간신히 날아가는 그를 멈추게 하는 데 성공했다. 순식간에 두 개의 무리의 거리가 벌어진 순간.

조장 사내가 다급히 숨을 몰아쉬며 충격을 받은 가슴 부분에 손을 가져다 댔다가 깜짝 놀랐다.

'갑옷이 멀쩡해…… 설마?'

이 정도의 타격을 입었다면 쇠로 된 갑옷이라도 찌그러지거나 부서졌어도 이상할 게 없는 상황. 그렇지만 갑옷은 너무나 멀쩡했다.

놀란 듯 갑옷을 더듬거리던 그가 결국 알아차렸다.

'겨, 격공술!'

격공술은 겉에는 타격을 주지 않고 속에 타격을 입히는 수법의 하나다. 기의 폭발을 이용한 이 공격은 초절정의 고수가 아니라면 흉내조차 낼 수 없는 최상승의 경지다.

허나 지금 그는 놀라고 있을 여유도 없었다.

백을 셀 때까지 끝내겠다는 말을 지키기 위해 비설이 달려들고 있었기 때문이다.

번쩍.

그녀의 검이 남아 있는 이들을 향해 쏟아졌다.

카카캉!

검을 쳐 내며 그가 황급히 도를 들이밀었다. 그렇지만 이내 그 도와 함께 삼 조 조장 사내의 목이 잘려져 나갔다.

파악!

단숨에 그를 제거한 비설의 검은 곧바로 뒤편에 남아 있던 이들에게로 향했다.

일 검에 한 명씩.

정확하고 날카로운 공격으로 그녀가 남아 있는 모두를 쓰러트렸다.

단번에 사이를 파고들며 휘두른 공격.

몸을 낮추며 파고들었던 비설이 서서히 무릎을 피는 것과 동시에 서 있던 나머지 네 명의 무인들이 털썩 하는 소리와 함께 바닥으로 쓰러졌다.

비설이 그런 그들을 가볍게 뒤로 흘겨보고는 이내 입을 열었다.

"어르신, 이제 눈 뜨셔도 돼요."

"……."

비설의 말을 듣고서야 그녀에게 업혀 있던 만보신면은 슬며시 눈을 떴고, 이내 지금 벌어진 상황을 확인할 수 있었다.

이 모든 걸 확인한 그의 얼굴엔 놀란 감정이 스쳐 지나갔다.

그토록 무서운 기세를 뿜어내던 열 명의 무인들이 모두 쓰러져 있었다.

놀란 눈으로 쓰러진 자들을 내려다보는 그를 향해 비설이 물었다.

"몇까지 세셨어요?"

"유, 육십 정도?"

그녀가 말했던 백이라는 숫자를 반 가까이 남겨 둔 상황.

비설이 말했다.

"백까지 세라고 한 건 너무 길었네요. 추가로 귀찮게 누군가 올 수도 있으니 서둘러서……."

그 순간.

"어이, 그럼 난 얼마면 되겠어?"

들려온 목소리에 비설은 움찔했다.

목소리가 들려오기 전까지 이자의 기척을 알아차리지 못

했기 때문이다.

'고수다.'

그녀가 긴장한 얼굴로 천천히 몸을 돌렸다.

아주 멀리 떨어진 길의 반대편. 그곳에서 모습을 드러낸 젊고 유쾌해 보이는 사내 하나가 비설을 바라보며 웃고 있었다.

"물었잖아. 난…… 몇 초면 죽일 수 있겠냐고."

절대십마에 견줄 수 있는 사내.

혈갑도수대 대주 철무극이다.

* * *

갑자기 나타난 상대를 바라보는 비설의 시선은 낮게 가라앉아 있었다.

'누구지?'

자신은 몇 초 만에 끝낼 수 있냐 묻는 사내.

그자는 보통의 실력자가 아니었다.

그리고 마찬가지로 비설을 바라보는 철무극 또한 비슷한 생각을 하고 있었다. 복면을 하고 있어 얼굴은 확인할 수 없었지만 실력만큼은 시선을 끌고도 충분히 남을 정도였다.

내공이 움직이는 걸 느끼고 급히 지하도로 들어온 철무극이다.

그리고 그가 이곳에 도착하는 순간 삼 조 조장과 그의 수하들이 나가떨어지는 걸 두 눈으로 확인할 수 있었다.

눈으로 좇기조차 힘든 움직임.

그 움직임을 본 철무극의 얼굴엔 미소가 걸렸다.

실로 깔끔한 움직임이다.

이런 멋진 움직임을 살면서 과연 몇 번이나 눈으로 볼 수 있겠는가.

비설이 물었다.

"당신은?"

"지금 네가 죽인 놈들의 우두머리."

가능하면 피하고 싶은 상대였기에 물었지만 돌아오는 대답은 예상을 빗나가지 않았다. 비설은 복면 너머로 쓴웃음을 지어 보이고는 등 뒤에 업혀 있는 만보신면에게 말했다.

"어르신, 이번에는 조금 오래 눈을 감고 계셔야 할 것 같아요."

비설의 말에 만보신면은 고개를 끄덕였다.

비설의 그 한마디에 만보신면은 지금 모습을 드러낸 저자가 방금 전의 그 열 명과는 비교도 안 될 정도의 강자라는 걸 단번에 알 수 있었다.

철무극이 천천히 비설 쪽으로 걸음을 내디뎠다.

그렇게 거리를 좁힌 그가 입을 열었다.

"너와 싸우고 싶긴 한데…… 내 임무는 네 등 뒤에 있는 그 노인의 목을 가져가는 거라서 말이야. 먼저 그자의 목부터 내놓고 그 이후에 싸우면 좋을 것 같은데."

"그 말을 내가 그냥 들을 거라 생각했어요?"

비설이 기가 차다는 듯 받아쳤고, 그런 그녀의 반응을 예상했다는 듯 철무극이 고개를 끄덕였다.

"뭐 순순히 들을 거라고는 생각 안 했어. 예상대로의 반응을 보이니까 다음 비책을 사용해야겠네."

철무극의 말에 비설은 전신의 감각을 일으켰다.

저 정도의 실력자라면 지금 둘 사이의 거리를 단번에 좁힐 수 있을 게다.

당장이라도 공격하고 들어올 거라는 비설의 예상과 다르게 철무극이 느릿하게 품에 손을 집어넣었다. 그렇게 빠져나온 철무극의 손에 들린 건 동그란 모양의 폭약처럼 생긴 물건이었다.

비설이 눈을 날카롭게 치켜뜬 채로 말했다.

"이 지하를 폭발시키면 당신도 무사하지는 못할 텐데요."

"내가 언제 이게 폭탄이라고 한 적 있던가?"

철무극은 애초부터 폭탄 따위를 사용할 생각이 없었다.

"그럼 그건……."

"궁금하면 지금 보여 주지."

말과 함께 철무극이 손에 들린 그 폭탄 모양의 물건을 땅에 강하게 집어 던졌다.

팍!

소리와 함께 그 동그란 물건에서는 연기가 피어올랐다.

그리고 그 연기가 밀려드는 걸 보던 비설의 표정이 변했다.

'독이다.'

독분에 휩싸인 채로 철무극은 그녀를 보고 웃고 있었다.

사실 이 정도 수준의 독은 비설에게 아무런 영향도 끼치지 못한다.

허나 문제는 비설이 아니다.

바로 자신의 등 뒤에 있는 만보신면, 바로 그가 문제였다.

애초부터 독을 견뎌 내기 모자란 내공, 거기다가 오랜 시간 이곳에 갇혀 살면서 약해진 몸까지.

독에 중독당한다면 살기 어려운 상황이다.

비설이 황급히 소리쳤다.

"어르신! 숨을 멈추세요!"

비설의 다급한 외침이 있었지만 숨을 참는 것만으로 해결할 수 있는 독이 아니다. 피부를 통해서 스며들어 오는 독기를 만보신면이 견뎌 낼 수 있을 리가 없었다.

눈의 흰자위가 붉게 변해 가기 시작했다.

'망할!'

비설은 더는 망설일 시간이 없었다.

비밀 통로로 빠져나가기 위해서는 철무극이 서 있는 곳을 지나쳐서도 한참은 가야 한다.

그런데 이미 퍼지기 시작한 독분이 지하도를 잠식하고 있다.

지하로 도망치다가는 나가기도 전에 만보신면이 죽을 수도 있는 상황.

비설은 결단을 내렸다.

'뚫고 나가야 해.'

바깥에 얼마의 인원이 있을지 모른다. 그리고 그 안에 또 얼마나 괴물 같은 자들이 존재하는지도 알지 못한다.

그렇지만 지금 만보신면이 죽으면 모든 게 끝이다.

그녀가 다급히 내력을 끌어모았다.

'이 지하의 깊이는 얼추 일 장 정도.'

비설의 시선이 지하도의 위쪽 천장으로 향했다.

꽤 깊었지만 단숨에 뚫어 내야 한다.

지금 그녀는 자신의 힘으로 이 위를 뚫어 내고 지상으로 가는 통로를 만들어 내려 하고 있었다.

물론 위의 일부가 생기는 순간 균형이 무너질 것이고, 이 인근에 있는 땅 모두가 바닥으로 내려앉을 것이다.

그리고 하늘이 모습을 드러내는 그 짧은 순간을 놓친다면 그녀는 생매장 신세가 될지도 모른다.

그렇지만 비설은 자신의 실력을 믿었다.

그랬기에 그녀는 망설이지 않았다.

쏴아아아.

꽉 막혀 바람 한 점 제대로 통하지 않는 지하의 공간에 이상하리만큼 스산한 미풍이 불기 시작했다.

그런 미묘한 변화가 결코 아무런 이유 없이 일어나지 않음을 철무극 또한 잘 알았다.

'위로 뚫고 가겠다?'

허나 그 또한 이미 계산된 범위 안에 있는 행동이었다.

이 바깥에는 혈갑도수대 소속의 구십 명에 달하는 무인들이 자리하고 있다.

어차피 이곳에 있으나, 바깥으로 도망치나 결과는 바뀌지 않는다는 것이다.

비설의 움직임을 예측한 철무극 또한 미리 만반의 준비를 끝내는 그 순간 그녀가 움직였다. 손에 들린 검 한 자루에서 뿜어져 나온 검기가 멀찍이 서 있던 철무극에게 날아들었다.

그리고 그 검기를 철무극이 쳐 내는 그 순간이었다.

시선을 다른 쪽으로 분산시킨 비설은 곧바로 반대편 검을 천장으로 찔러 넣었다.

그리고 검이 돌로 된 천장에 틀어박히는 순간 미묘한 진동이 울리기 시작했다.

쿠웅!

소리와 함께 천장 벽에 틀어박힌 자미쌍검의 주변으로 맹렬한 기운이 회오리쳤다. 동시에 거짓말처럼 돌이 사방으로 밀려 나갔다.

콰앙!

천장을 이루는 돌이 터져 나갔고, 순간 답답한 지하도 내부로 바깥의 찬 공기가 훅 하고 밀려들었다.

그리고 동시에 아주 짧은 순간이지만 그 부서진 틈을 통해 어두운 밤하늘이 모습을 드러냈다. 비설은 망설일 틈이 없었다.

'지금!'

그녀는 곧바로 땅을 박차고 구멍 위쪽으로 몸을 던졌다. 그리고 비설이 허공을 날아오르는 것과 동시에 균열이 일어나기 시작한 땅이 무너져 내리기 시작했다.

지하에 공간이 있는 상황에서 그 지지대 역할을 하던 천장의 일부가 깨어지자 주변의 땅들이 균형을 잃고 연달아 무너진 것이다.

비설의 몸 주변으로 아슬아슬하게 커다란 돌덩어리 몇 개가 스치고 지나갔다.

그렇지만 그 와중에서도 비설은 정확하게 돌들의 위치를 잡아내고 그것들을 오히려 발판 삼아 더욱 손쉽게 바깥에 착지해 냈다.

갑자기 밀려오는 찬바람과 시원한 공기 때문일까?

눈을 감고 있던 만보신면이 슬그머니 눈을 떴다. 그리고 이내 흐릿한 시선 속에 들어오는 외부의 전경에 그의 입에서는 짧은 탄성이 터져 나왔다.

"아……."

누구에겐 너무나 익숙하고 평범한 광경일 뿐이다.

허나 만보신면에겐 아니었다.

십 년을 지하에 갇혀 살아온 그에게 지금 이 순간은 무척이나 특별했다.

독이 몸 안으로 밀려들어 오며 덩달아 찾아온 고통조차도 일순 잊을 정도로.

그의 눈에 자신도 모르게 다시금 눈물이 흘러내리고 있었다.

자신이 살아왔던 곳, 그럼에도 불구하고 잊고 살아야만 했던 세상.

북받쳐 올라오는 이 감정을 뭐라 설명해야 옳을까?

감동과 함께 밀려드는 수많은 번뇌와 해탈의 감정들.

그는 눈물을 흘리며 십 년 만에 보는 바깥세상을 자신의 눈과 가슴에 담았다.

'이제…… 죽어도 여한이 없겠구나.'

그렇게 만보신면이 스스로의 감회에 젖어 있는 그때 비설의 시선은 다른 곳으로 향해 있었다. 땅을 부수고 튀어 오르는 순간 마찬가지로 상대방 또한 움직인다는 걸 느꼈다.

그리고 그런 비설의 생각은 적중했다.

그녀와 마찬가지로 철무극 또한 땅을 뚫으며 하늘로 솟구쳐 올랐다가 착지한 것이다.

그리고 자신들을 둘러싼 엄청난 숫자의 무인들까지도 눈에 들어왔다.

비설은 입술을 깨물었다.

'예상은 했지만 숫자가 너무 많아.'

안에서 비설이 쓰러트렸던 그들과 비슷한 수준의 무인들이 구십여 명이 넘게 있었고, 그들을 이끄는 철무극이 존재한다.

물론 그 구십여 명의 숫자보다 비설을 더욱 불편하게 하는 건 철무극이라는 사내 한 명이었다.

그의 기세는 그 구십 명을 압도할 정도로 강력했다.

비설은 자미쌍검 두 자루를 고쳐 잡았다.

사실 다른 검을 가져올까 고민하다 만약을 대비해 이 검을 가져왔다.

그리고 그런 선택은 옳았던 듯싶다.

이 정도로 많은 숫자의 무인을 상대한다면 보통의 검은 버텨 내지 못했을 테니까.

비설이 자신의 어깨 너머를 힐끔 바라봤다.

바깥으로 나오긴 했지만 이미 독이 만보신면의 내부로 파고든 상황이다.

아마 이대로 조금 더 시간이 흐른다면 그때는 돌이킬 수 없는 상황에 이르고 말리라.

최고의 선택은 이들과 싸우지 않고 도망치는 것이었지만 이미 포위가 되어 있는 형상이다.

거기다가 철무극이 있는 이상 그건 그리 좋은 선택이 아니다.

오히려 등을 보였다가 뒤쪽에 있던 철무극에게 더욱 위험한 상황을 맞을 수 있는 것이다.

도망칠 수 없다면 결국 남은 건 하나.

모두를 제압하는 것밖에 남은 방도가 없다.

'여유가 별로 없어.'

비설은 검을 고쳐 잡았다.

'죄송해요, 형님. 다치지 말고 돌아오라고 말씀하셨는데…… 그러긴 힘들 것 같아요.'

일류를 넘어 절정의 경지에 다다른 구십여 명의 무인들. 그리고 그런 그들을 이끄는 절대십마의 경지에 근접한 자까지.

허나 비설은 생각을 지웠다.

지금은 생각을 할 때가 아니다.

움직이고, 또 움직여서 이곳에 있는 모두를 쓰러트린다.

이를 악문 비설이 개미 떼처럼 빼곡하게 자리하고 있는 엄청난 숫자의 무인들을 향해 단신으로 걸음을 옮겼다.

철무극은 겁 없이 다가오는 비설의 패기에 자신도 모르게 웃음을 머금었다.

'정면 돌파를 선택했다 이건데…….'

철무극이 손을 높게 들어 올려 수신호를 보냈다.

그러자 포위하고 있던 인원들 또한 움직이기 시작했다.

누가 봐도 한쪽이 압도적인 싸움이다.

뒷자리를 대충 올리면 백 명이라 해도 될 정도로 많은 무인들과 단 한 명과의 싸움. 그것도 하나하나가 무림 어디에 내놓아도 손색이 없을 정도로 뛰어난 자들이다.

일 대 백.

휘몰아치는 차가운 바람과 함께 그 말도 안 되는 싸움이 시작되고 있었다. 아무도 주목하지 않는 이곳에서, 훗날 무림 역사에 두고두고 회자 될 전설적인 싸움이 말이다.

* * *

마교의 춘절 행사는 아무런 문제 없이 진행되고 있었다.

총책임자의 자리에 오른 혁련휘도 별다른 행동을 하지 않았고, 그를 견제하는 시선도 서서히 약해져 가고 있었다.

마교 외부로 나갔던 많은 이들이 몰려왔고, 이번 행사를 위해 엄청난 양의 음식들과 술들 또한 준비되었다.

매년 있는 연례행사 중 가장 커다란 춘절이라는 명절을 맞아 마교의 내부는 은근 들떠 있었다.

그리고 그 춘절을 기점으로 소교주의 기반을 더욱 공고히 하려는 천위극의 계획은 알 사람은 다 아는 공공연한 비밀이었다.

그렇게 모두가 이번 춘절에 모든 신경을 쏟는 지금 마교 내에 위치한 어느 곳에서는 한 사내가 밤하늘을 올려다보고 있었다.

그는 다름 아닌 혁리원의 얼굴을 하고 있는 그림자 무사, 혈영검 가후였다.

그리고 그런 그의 뒤편에 있는 건 다름 아닌 천위극이었다.

천위극이 뒷짐을 진 채로 하늘을 올려다보는 가후에게 물었다.

"지존의 자리에 오르실 날이 멀지 않으셨군요. 떨리십니까?"

"어찌 떨리지 않는다 할 수 있겠습니까. 그토록 염원하던 진짜가 되는 날인데 말입니다."

"오랜 시간 고생 많으셨습니다."

"이 모든 것이 천 가주님의 도움 덕 아니겠습니까."

웃으며 말하는 가후는 무척이나 기분이 좋아 보였다. 그토록 염원하던 꿈이 이루어질 순간이 목전에 이른 느낌이다.

그저 그림자로 살다가 죽었어야 할 운명.

그러던 차에 천위극을 만난 건 천운이었다.

가후는 그와 손을 잡았고, 그때부터 지금까지 모든 계획을 함께했다.

당연히 그만큼 더욱 완벽하게 소교주가 가진 모든 걸 눈에 담았고, 또 배웠다.

모든 사람이 가후를 진짜와 헛갈리는 건 오랜 시간 준비해 온 그런 노력이 있기 때문이다.

가후가 기분 좋게 말했다.

"내 교주가 되어서도 절대 천 가주님의 은혜는 잊지 않겠습니다. 죽는 그 날까지 천 가주님을 돕겠습니다."

"허허, 그리 말해 주시니 감사할 뿐입니다."

가후를 향해 포권을 취하며 웃는 천위극.

그렇지만…….

'하찮은 그림자 주제에 교주라니.'

천위극은 속으로 비웃음을 삼켰다.

가후가 꾸는 꿈, 그것은 애초에 이루어질 수 없는 꿈이었다.

그를 교주로 만들고 뒤에서 조종을 한다?

가능한 일이다.

그렇지만 천위극의 계획은 그게 아니다.

권력은 사람을 변하게 만든다. 그건 이자라고 해도 다르지 않을 것이다.

처음에야 자신을 돕는다 해도 결국 가후는 욕심을 낼 게다.

그만한 힘이 있는 자리에 올랐으니까.

그리고 가후는 가짜 소교주에 대한 모든 비밀을 아는 자다.

자신의 약점이 될 수도 있는 그런 놈을 살려 둘 천위극이 아니었다.

'네놈은 그저 혁무조를 밀어낼 대용일 뿐이다.'

혁무조를 밀어내고 가짜 혁리원인 가후를 교주직에 앉힌다.

그리고 시간을 들여서 그를 쫓아내고 자신이 교주의 자리에 오르는 것.

그것이 진짜 천위극이 노리는 점이었다.

허나 그런 속내를 드러낼 정도로 천위극은 만만치 않았다.

'아직은 네가 필요하니까 살려 두는 것뿐이다, 가후.'

비웃음을 삼킨 천위극이 준비해 두었던 옷을 그에게 걸쳐 주며 다정하게 말했다.

"날이 춥습니다. 안으로 드시지요."

그런 천위극의 진짜 속내도 모른 채로 가후는 고맙다는 듯 미소 지었다.

10장. 노림수

— 조심해요

혈갑도수대의 무인들은 누가 먼저라고 할 새도 없이 비설과의 거리를 좁히고 들어왔다. 그리고 그런 그들의 움직임을 비설은 놓치지 않았다.

흡사 위에서 모두를 내려다보는 것처럼 백여 명에 가까운 그들 각자의 위치가 비설의 머리에 새겨졌다.

그랬기에 비설은 동시에 치고 들어오는 그들의 공격을 한 번에 받아 낼 수 있었다.

파라라랏!

검이 휘몰아치며 밀려드는 일곱 개의 도를 동시에 쳐 냈다.

두 자루의 검을 쓴다는 이점도 분명 있었지만 모두의 움직임을 동시에 읽어 내는 뛰어난 감각이 있었기에 가능한 행동이다.

동시에 달려들었던 일곱 명의 무인들이 뒤로 밀려 나가는 그때였다.

비설이 앞으로 발을 내디디며 검을 뻗었다.

그녀의 검 끝에서 곧바로 검기가 쏟아져 나왔다.

검기는 곧바로 가까운 이들을 휩쓸었다.

파아앙!

인근에 있던 벽들이 비설의 검기를 견뎌 내지 못하고 터져 나갔다. 그리고 동시에 앞에 있는 이들 또한 다급히 자신들의 도를 휘두르며 검기를 받아내는 데 급급했다.

엄청난 수준의 검기, 허나 혈갑도수대의 무인들 또한 그리 녹록한 이들이 아니었다.

그들은 그녀의 일격을 받아 내면서 안도의 숨을 내쉬었다.

그렇지만 그 순간 이미 비설은 가까이 다가와 있었다.

파앗!

검을 휘두르자 쇠로 만들어진 그들의 갑옷이 그대로 쫙 갈라지며 터져 나갔다.

동시에 벌어진 갑옷의 틈으로 새빨간 피가 터져 나왔다.

"크!"

누군가의 비명과 함께 옆에서 도 한 자루가 비설의 머리를 노리고 날아들었다.

그렇지만 그 도를 휘두른 자보다 몇 곱절은 빠르게 비설의 손이 이미 움직이고 있었다.

스윽.

갑옷과 함께 도를 든 팔 하나가 그대로 잘려져 나갔다.

잘린 팔이 허공을 빙글빙글 돌며 떨어져 내리는 그 짧은 순간.

비설의 손에 들린 검에서 새하얀 빛이 쏟아져 나왔다. 그리고 그와 동시에 그녀를 노리고 포위하듯 달려들던 혈갑도수대의 무인들 네 명의 갑옷이 산산조각이 나며 암기가 되어 주변으로 쏟아져 나갔다.

핑핑핑!

쇳조각들이 사방으로 날렸고 덩달아 달려오던 이들은 황급히 발걸음을 멈추고 날아드는 것들을 쳐 내야만 했다.

허나 수백 개로 변해 날아오는 쇳조각들은 치명적인 암기였다.

드러나 있는 얼굴을 지키기 위해 황급히 손을 들어 얼굴을 가리는 그 순간.

낮게 무릎을 굽힌 비설이 두 자루의 검을 든 채로 회전했다.

파라라라락!

밀려드는 바람 소리, 그리고 동시에 검 끝에 맺힌 강기가 사방으로 요동쳤다. 회오리를 연상케 하는 폭풍우가 주변으로 퍼져 나가면서 기다란 선들을 만들어 냈다.

그 폭풍우가 휘몰아치는 중앙, 그곳엔 비설이 있었다.

파앙!

터져 나가는 바람, 동시에 쏟아져 나오는 수십, 아니 수백 개가 넘는 검의 잔상들.

순식간에 주변 반경 십여 장 가까이가 그녀의 간격이 되어 버렸다.

땅이 터져 나갔고, 장원 안에 있던 건물들의 외벽들이 마치 종잇장처럼 찢겨져 나갔다. 그리고 그 간격에 자리하고 있던 이들 중 일부 또한 그 힘을 견뎌 낼 수가 없었다.

폭풍우를 연상케 하는 그녀의 검의 잔영들이 전신을 베고 지나갔다.

수십 개의 검이 한 명에게 동시에 틀어박히는 듯한 착각을 불러일으키는 움직임. 비설이 스쳐 지나가는 순간 그곳에 자리하고 있던 무인을 지켜 주던 갑옷이 산산조각 났다.

덩달아 그 갑옷이 지켜 주고 있던 당사자들도.

비설의 검이 휩쓸고 지나간 자리에 있던 이들이 약속이

라도 한 것처럼 허공으로 붕 떴다가 바닥으로 곤두박질쳤다.

실로 눈 한 번 깜짝할 정도의 짧은 시간 안에 벌어진 일에 여덟 명에 달하는 이들이 바닥에 널브러지고야 말았다.

몇 번의 움직임, 그렇지만 그것만으로도 이미 십여 명이 넘는 혈갑도수대 대원들이 무너졌다.

허나 비설은 방심하지 않았다.

'이제 막 시작했을 뿐이야.'

어깨에 업힌 채로 점점 가쁘게 들려오는 만보신면의 숨소리가 그녀를 불안하게 만들었다. 싸움이 벌어지기 무섭게 그를 어떻게든 등 뒤에서 떨어지지 않게 하며 그녀는 움직였다.

아직은 다행히 정신이 남아 있어 그녀를 꽉 붙잡고는 있지만…… 독이 더 깊숙이 침투해 만보신면이 정신을 잃는 그 즉시 상황은 지금보다 더욱 안 좋아질 것이다.

혼절한 그를 지키면서 이들과 싸워야 하는 상황이 벌어질 수 있는 지금, 비설은 최악의 일을 대비하기 위해 만보신면이 버티고 있는 이때 하나라도 더 많은 머리 숫자를 줄여야만 했다.

비설이 다시금 달려들었다.

파악!

땅을 박차고 날아오른 그녀의 두 자루의 검이 아래에 서 있던 무인들을 향해 움직였다. 그렇지만 이번엔 앞에 당했던 것과는 달리 누군가가 재빠르게 거리를 좁히고 들어왔다.

캉!

비설의 검을 받아 낸 자는 머리칼이 희끗희끗한 노인이었다.

같은 혈갑도수대라고 해도 그 안에는 엄연히 실력 차가 있다.

그리고 이 노인 또한 한 개 조를 맡은 조장의 위치에 있는 인물.

거기에 경험 또한 풍부해 단번에 비설의 움직임을 최소한으로 억제하기 위해 오히려 거리를 좁힌 것이다.

비설이 멈칫하는 그 순간 기다렸다는 듯 사방에서 도가 떨어져 내렸다.

파파팍!

비설은 한 손으로 검을 치켜들며 반대편 손에 들린 검을 휘둘렀다.

그녀의 손아귀에서 움직이는 검이 놀라운 변화를 보였다.

손바닥 위에서 빙글빙글 돌기 시작한 검이 밀려드는 도

들을 순식간에 쳐 냈다.

그렇지만 위에서 떨어져 내리는 도를 받아내는 순간 비설의 무릎이 꿈틀했다.

복면으로 감춰진 그녀의 입이 움찔하는 것과 동시에 입술을 강하게 깨물었다. 묵직한 충격이 손바닥을 타고 어깨까지 밀려들어 온다.

네 개의 도를 검 하나로 받아 냈다.

자그마한 체구의 비설이 견뎌 낸 것 자체가 그녀의 실력이 이들에 비해 월등히 뛰어났기에 가능한 일이다.

거기에다가 그 도를 받아 낸 검.

바로 자미쌍검의 덕이기도 했다.

내려쳐 오던 도들에 실린 도기들. 보통의 검이라면 충격을 받고 깨지거나, 금이 가도 전혀 이상할 것 없는 상황이다.

물론 그렇게 깨어지거나 금이 가면 비설에게까지 전해지는 충격은 더욱 컸을 것이다. 그렇지만 일차적으로 자미쌍검이 그 힘을 받아 내 준 덕분에 비설은 보다 적은 충격만 흘려보내면 됐다.

도에 실린 힘에 의해 충격을 받긴 했지만 이건 비설에게 또 기회이기도 했다.

좁혀진 거리, 그리고 검이 충분히 닿을 정도의 간격.

비설은 망설이지 않았다.

자유로운 위치에 있는 검이 지(之) 자를 그리며 그들의 사각지대에서 갑옷째로 뭉그러트리며 베고 지나갔다.

드드득!

재빠르게 그들의 배 부분을 베어 버리던 비설의 얼굴에 순간 그림자가 드리워졌다.

그게 뭔지 확인도 하기 전에 이미 그녀는 반응하고 있었다.

늙은 조장 하나가 도의 손잡이 부분을 그녀의 얼굴을 향해 내려친 것이다.

움직이고 있는 검과 이미 도를 막아 내기 위해 고정된 손. 비설은 재빠르게 팔을 비틀어 팔꿈치로 날아드는 그 도의 끝 부분을 받아쳤다.

파앙!

소리와 함께 도를 휘둘렀던 노인의 몸이 허공으로 붕 뜨며 밀려 나갔다.

비설의 검이 재빠르게 다시금 앞을 막고 있는 이들을 베듯이 지나쳐 갔고, 그들은 그대로 피를 뿌리며 바닥에 쓰러졌다.

피를 뒤집어쓴 비설이 인상을 찡그린 채로 몸을 일으켜 세웠다.

그녀는 자리에 선 채로 팔을 가볍게 털었다.

팔꿈치로 급히 받아 낸 덕분에 치명상은 피할 순 있었지만 그 탓에 막아 낸 팔 전체가 시큰거렸다.

허나 비설은 고통에 찬 자신의 팔에 신경을 쓰고 있을 여력이 없었다.

이들의 우두머리, 철무극이 움직인 탓이다.

허공으로 날아오른 그의 신형을 따라 그림자 하나가 대지에 길게 드리워졌다.

빠른 손놀림으로 몇 명의 혈갑도수대를 베어 넘겼던 비설은 갑자기 땅에 보이는 그림자의 존재를 느끼고는 다급히 몸을 뒤로 날렸다.

뒤로 한 바퀴 회전하며 그녀가 땅을 손바닥으로 짚고 재빠르게 공중제비를 치며 발을 휘둘렀다.

파파파밧!

허공에서 묵직한 주먹이 그녀의 발과 뒤엉켰다.

쇠로 된 갑주에 뒤덮인 철무극의 주먹은 한 방 한 방이 바위를 으깨 버릴 정도로 단단하면서 위력적이었다.

허공에서 수십 번 회전하며 발로 철무극의 공격을 받아 낸 비설이 가까스로 바닥에 무사히 착지했다.

바닥에 선 비설은 발목이 아픈지 가볍게 제자리에서 탁탁 뛰면서 상대를 노려봤다.

철무극은 놀란 얼굴로 자신의 주먹과 비설을 번갈아 바라봤다.

"지하에서 혈갑도수대 한 개 조를 단숨에 박살 내는 걸 보고 보통 놈이 아니라는 건 짐작했지만…… 생각보다 더 제법이군."

방금 휘두른 건 그저 가벼운 주먹질 정도가 아니다. 철풍무영권이라 불리는 철무극의 권공으로 수십 명의 적들을 이 일격만으로 으깨 버렸던 적이 있을 정도로 파괴적인 무공이다.

그런데…….

'허공에서 발차기만으로 막아 내다니.'

비설을 바라보는 철무극의 눈이 가늘어졌다.

지하에서 죽어 버린 일 개조, 그리고 이곳에서 싸움이 시작되고 다시금 한 개 이상의 조원들이 죽어 나갔다.

처음엔 가볍게 실력을 좀 보고 싶다는 생각에 구경만 하고 있던 철무극은 그녀의 움직임을 보다 자신도 모르게 뛰쳐나오고야 말았다.

직감할 수 있었으니까.

'혈갑도수대 전원을 단신으로 도륙할 실력자다.'

전 중원에 과연 그만한 실력자가 얼마나 될까?

절대십마를 비롯해 알려지지 않은 고수들까지 포함해서

기껏해야 서른 명 안팎 정도밖에 되지 않으리라.

그런데 그런 실력자가 지금 눈앞에 있다.

그냥 일대일이었다면 승패를 자신할 순 없었겠지만…… 지금 철무극에겐 혈갑도수대가 있었다.

무인으로서 강한 자와 싸워 보고 싶은 욕심이 없는 건 아니지만 이 정도 수준이라면 이야기가 다르다. 생사를 걸고 싸워야 하는 상대.

싸움에서 자신이 패하게 된다면 혈갑도수대가 무너진다.

그리고 지금 자신들은 해야 할 일이 있다.

일차적인 목표는 만보신면의 목이었지만, 그보다 더욱 중요한 임무는 다름 아닌 서역 정복의 시발점인 사사혈교를 손에 넣는 것이다.

그러니 비설과의 싸움은 반드시 이겨야만 했다.

생각지도 못한 절대고수의 등장.

복면 안에 감춰져 있는 진짜 얼굴이 궁금했다.

비설과 마주한 철무극이 슬며시 입을 열었다.

"너 정체가 뭐야? 절대십마 중 하나는 아닌 것 같고. 우리의 감시망에 걸리지 않고 여기에 나타난 걸 보니…… 전혀 알려지지 않은 놈 같은데."

"그러는 그쪽은 정체가 뭡니까."

비설의 존재에 철무극이 놀란 것과 마찬가지로 그녀 또

한 지금 눈앞에 있는 상대 때문에 무척이나 곤란했다.

기껏해야 몇몇의 무인 정도가 있을 거라 생각했던 비설이 아니던가.

그런데 생각지도 못한 이들이 때마침 들이닥쳐 오히려 그곳을 지키고 있던 묵룡천가의 무인들을 제거했다.

처음 마주할 때부터 이들이 적이라는 건 알고 있었지만 개중에 저런 실력자가 있다니…….

철무극이라는 존재는 한시가 급한 비설에게 무척이나 껄끄러운 존재였다.

비설의 질문에 철무극이 자신을 가리키며 되물었다.

"나? 당연히 비밀이지."

"똑같네요. 저도 마찬가지거든요."

곧바로 받아치는 비설의 말에 철무극은 자신도 모르게 픽 웃어 버렸다. 그가 비설을 향해 말했다.

"개인적으로 유쾌한 녀석을 싫어하진 않는데…… 그냥 재수가 없었다고 생각해. 어이, 내 무기 좀 가지고 와."

비설을 향해 말을 이어 가던 철무극이 갑자기 뒤편에 있는 수하 중 누군가에게 명령을 내렸다.

허리에 분명히 자신의 것으로 보이는 도를 차고 있음에도 불구하고 내려진 철무극의 명, 그리고 그 명을 듣기 무섭게 뒤편에서 누군가가 다가왔다.

다만 문제는…… 그 무기의 크기였다.

보통 도와는 비교도 안 될 정도로 커다란 도를 양손으로 든 채로 다가오는 수하, 그리고 철무극은 그 도를 한 손으로 움켜쥐고는 번쩍 들어 올려 어깨에 걸쳤다.

그 길이는 제법 키가 큰 철무극을 훨씬 웃돌 정도였다.

무려 칠 척에 가까운 길이, 그리고 그 폭 또한 두꺼워 보통의 도로 보이지 않았다.

부웅, 붕!

가볍게 허공에 몇 번 휘저었을 뿐이거늘 주변의 바람이 울음을 터트렸다.

투웅.

어깨에 다시금 도를 올리는 순간 들려온 소리.

그만큼 엄청난 무게의 도를 철무극은 마치 장난감처럼 움직이고 있었다.

철무극이 웃으며 입을 열었다.

"평소엔 흔적이 많이 남아서 안 쓰는데 오늘은 특별한 상대니까 전력을 다해야 할 것 같아서 말이야."

"……."

사람을 압도하는 크기의 도를 마주한 비설은 긴장할 수밖에 없었다.

크기도 크기지만 바람을 가르는 소리에서 알 수 있듯이

무게가 보통이 아니다.

저런 도에서 뿜어져 나올 파괴력을 생각하니 벌써부터 절로 미간이 찌푸려졌다.

허나 문제는 그것만이 아니었다.

"쿨럭."

거친 기침 소리와 함께 비설의 어깨로 한 사발은 될 정도의 피가 쏟아져 나왔다. 그녀의 표정이 더욱 굳어졌다.

'큰일이야.'

힘겹게 업혀 있던 만보신면이 피를 토해 냈고, 새파랗게 변하던 그의 얼굴이 이제는 시체처럼 하얗게 질려 있다.

과연 얼마나 버틸 수 있을까?

나빠지는 속도가 너무나 빠르다.

한시가 급한 이런 상황에 그녀를 막고 있는 수많은 무인들.

비설은 갑갑했다.

'형님…….'

인피면구를 벗길 방도도, 자신의 목숨마저도 위태로운 지금.

그녀는 자미쌍검을 고쳐 잡으며 어깨에 매달려 있다시피 한 만보신면에게 말을 걸었다.

"어르신, 조금만 더 버티세요."

"……."

만보신면은 대답 대신 그저 고개만 끄덕였다.

쉽사리 입을 열기도 힘들 정도로 몸 상태가 좋지 못하다는 소리다.

비설이 그런 그의 상태에 걱정스러운 시선을 던질 때였다.

멀찍이 마주 서 있던 철무극이 자신의 커다란 도를 하늘을 향해 치켜세우곤 내력을 끌어 모으기 시작했다.

하늘을 찢어발기기라도 할 것 같이 위풍당당한 모습을 보여 주던 그 커다란 도로 푸르스름한 기운이 밀려들었다.

주변의 모든 것들이 떨려 오는 힘.

강기가 분명했다.

그리고 그걸 깨닫기 무섭게 철무극이 거칠게 소리쳤다.

"태풍도(颱風刀)!"

쿠우웅!

그 외침과 함께 철무극이 달려 나왔다. 그의 손에 들린 도가 미칠 듯한 기세로 떨어져 내렸다.

'피해야 해!'

비설이 옆으로 확 하고 뛰어오를 때였다.

그의 커다란 도가 급작스럽게 방향을 바꾸었다. 동시에 도에서 뿜어져 나오는 기운이 주변의 모든 것들을 잡아당졌다.

그리고 개중엔 비설 또한 있었다.

쏴아아앗!

비설은 끌려 들어가는 자신의 몸을 느꼈다. 허공에서 균형을 잃으며 오히려 빨려 들어가는 상황, 그런 위급한 순간에서 비설은 결단을 내렸다.

'몸을 맡긴다!'

피하려고 하지 않고 도리어 그 기운에 몸을 싣고 철무극을 향해 빨리듯 들어갔다. 지척으로 들어서는 그 찰나와도 같은 순간 비설은 자신의 검 한 자루를 땅에 박아 넣었다.

파악!

그리고 동시에 손에 들린 검은 그의 목을 노리고 날아들었다.

허나…….

빠악!

비설의 공격이 채 철무극의 목에 닿기도 전에 그의 발이 몸을 지탱하고 있던 검을 걷어찬 것이다.

덩달아 날아들던 비설의 공격도 방향이 바뀌었다.

'이런!'

그녀가 황급히 몸을 회전하며 검을 마구잡이로 휘둘렀다.

파파팍!

날카로운 검기가 사방으로 요동쳤지만 그 모든 건 커다란 바위를 연상케 하는 철무극의 도신에 막혀 연기가 되듯 사라져 버렸다.

그리고 동시에 날아드는 도신!

쉐에에엑!

바람이 갈라지는 소리에 절로 소름이 돋았다.

도는 단번에 비설과 만보신면 두 사람의 목을 자를 듯이 떨어져 내렸다.

바닥으로 쓰러진 비설은 황급히 두 개의 검을 교차시키며 떨어져 내리는 도를 받아내야만 했다.

도와 두 자루의 검이 마주 닿는 순간.

'멍청하긴!'

이 공격은 단 한 번으로 이루어지지 않았다.

커다란 도를 휘두르면 투박하고 파괴적일 거라고 여기기 쉽지만 태풍도는 그런 도법이 아니다. 이름에 붙은 태풍이라는 말처럼 쉴 새 없이 몰아치는 그런 도법.

그리고 그 태풍도가 지금 바닥에 쓰러져 있는 비설을 향해 쏟아졌다.

파파파팍!

수십 번이 넘게 내려쳐지는 도의 움직임에 비설은 내력

을 끌어 올려야만 했다. 두 자루의 검을 교차시켜 막아 내곤 있지만 그 파괴력으로 인해 주변의 땅이 터져 나가며 그녀의 몸 또한 점점 지하로 빨려 들어가는 느낌이다.

쾅쾅쾅!

어마어마한 내력의 충돌.

비설의 입에서 피가 터져 나왔다.

"푸웃!"

손바닥을 떠나 양손 모두가 감각이 사라졌다는 생각이 들 정도로 느낌이 없다. 그렇지만 비설의 손은 그러한 와중에서도 버티고 있었다.

연달아 내려치고 있는 철무극은 비설이 견뎌내고 있다는 사실에 놀랐다.

힘이라면 자신이 있는 그다.

더군다나 태풍도를 펼치기에 비설은 가장 최적의 상황에 처해 있었다.

바닥에 쓰러져 있는 상대라니 운이 좋다면 이 일격으로 숨을 거둘 수도 있다 여겼다.

그만큼 힘이 실렸으면서도 연달아 치고 들어가는 탓에 버텨 내는 게 쉽지 않은 탓이다.

사람도, 그 상대가 사용하는 무기도.

그런데 그런 철무극의 예상과 달리 둘 모두 버텨 내고 있었다. 피를 쏟아 내긴 했지만 아직까지 죽지 않은 눈동자, 그리고 너무도 멀쩡한 두 자루의 검까지.

덩달아 피를 쏟아 내는 와중에서도 빛나는 두 눈동자를 보는 순간 철무극은 뭔가를 직감했다.

'노림수가 있다.'

허나 그걸 깨닫는 것과 동시에 떨어져 내리는 도, 그것을 급히 회수하려 하던 철무극이었지만 이미 그러기엔 너무 늦어 있었다.

연신 휘몰아치는 도를 받아 내기만 하던 비설의 움직임이 변했다.

그녀는 검을 쥔 손을 떨어져 내리는 도를 향해서가 아니라, 자신의 머리 위쪽으로 내뻗었다.

동시에 비설은 땅을 강하게 밀며 재빠르게 몸에 반동을 줬다.

비설의 몸이 떨어져 내리는 도를 피하며 아슬아슬하게 철무극의 가랑이 사이를 파고들었다.

재빠른 움직임 덕분에 도의 공격에서 빠져나온 그녀가 곧바로 다음 움직임을 취했다.

자신의 공격에서 빠져나간 걸 알아차린 철무극이 황급히 몸을 틀었다. 그리고 그곳에선 이미 몸을 일으켜 세운 비설이 번개처럼 주먹을 휘두르고 있었다.

날아드는 그녀의 자그마한 주먹.

그리고 그 주먹을 향해 철무극이 미간을 꿈틀했다.

'우습군!'

날아드는 공격을 보며 비웃음과 함께 철무극 또한 자신의 커다란 주먹을 내뻗었다. 갑주로 뒤덮인 그의 주먹과, 비설의 주먹이 충돌했다.

쿵!

그냥 단순한 주먹질이 아니다.

서로의 내력이 담긴 일격.

태산마저 반으로 부술 정도의 힘이 담긴 두 사람의 주먹이 허공에서 충돌한 것이다.

그리고…….

자신만만한 표정으로 서 있던 철무극의 표정이 일그러졌다.

"너……?"

철무극의 입이 열리는 그 순간이었다.

쩌저적.

비설의 주먹과 맞닿아 있는 부분에서부터 시작된 균열이 그의 전신을 뒤덮었다.

그리고 이내 그 균열로 뒤덮인 철무극의 갑주가 산산조각이 나며 바닥으로 투두둑 떨어져 내렸다.

살갗이 터져 버린 비설의 주먹.

피가 뚝뚝 떨어지는 주먹을 말아 쥔 채로 비설이 입을 열었다.

"조심해요. 지금 이 순간…… 당신을 지켜 줄 갑옷이 사라졌으니까요."

〈다음 권에 계속〉

DREAMBOOKS★

DREAMBOOKS

DREAMBOOKS

DREAMBOOKS